Alfred Komarek

Himmel,
Polt und Hölle

Roman

Diogenes

*Die Geschichte spielt im
niederösterreichischen Weinviertel.
Ortschaften und Menschen stammen
aus der Welt der Phantasie,
und alles ist nur insofern wirklich,
als es wirklich sein könnte.*

Veröffentlicht als Diogenes Taschenbuch, 2003
Alle Rechte an dieser Ausgabe vorbehalten
Diogenes Verlag AG Zürich
www.diogenes.ch
200/03/52/1
ISBN 3 257 23358 2

Diogenes Taschenbuch 23358

Sommerspiele

Simon Polt spürte rauhe, rissige Rinde unter seiner Hand. »Wie alt wird so ein Nußbaum?«

»Weiß ich nicht genau.« Friedrich Kurzbacher schaute zum Blätterdach hinauf. Kaum ein Sonnenstrahl drang durch, aber der Schatten glühte in der Hitze, die seit Wochen über dem Land lag. »Fünfzig, sechzig Jahre, ein Menschenalter vielleicht. Den da hat mein Vater gepflanzt, als ich zur Welt gekommen bin. Aber der Baum ist nicht mehr gut beieinander, seit ihn vor drei Jahren der Frost beim Austreiben erwischt hat.«

Polt nickte langsam und griff in eine Höhlung des Stammes, an deren Rändern die Rinde auseinanderklaffte wie eine offene Wunde. Er zerrieb morsches Holz zwischen Daumen und Zeigefinger. »Wär schade um ihn, nicht wahr?«

»Eigentlich sollt ich ihn umsägen. Aber so lang er noch austreibt, im Frühjahr…« Kurzbacher schaute zum Weingarten hinüber, der vor seinem Preßhaus lag. Über den Reben zitterte die Luft. »Regen könnten wir brauchen. Wenn das so weitergeht, gibt's eine Notreife.«

»Und das bedeutet?«

»Wässrige Beeren, dünne Weine.«

»Gott bewahre!«

Kurzbacher schmunzelte. »Wenn's um den Wein geht, wird er sogar fromm, der Herr Gendarm. Trinken wir was?«

»Weiß nicht recht, ich vertrag nicht viel bei der Hitze.«

»Dann eben wenig.« Der Weinbauer ging auf die offene Preßhaustür zu, und Polt folgte ihm.

Nur den Sommer über war der Aufenthalt in den Preßhäusern wirklich angenehm. Im Herbst gab es jede Menge Arbeit hier, im Winter war es in den kleinen, weißgekalkten Gebäuden eiskalt, und die dicken Mauern hielten die Kälte auch noch im Frühjahr fest. Im Sommer aber blieb die Hitze draußen, und drinnen war es fast so kühl wie in einer Kirche. Polt empfand auch jedesmal so etwas wie unheilige Andacht, wenn er ein Preßhaus betrat. Das mochte am eigentümlichen Geruch liegen, gemischt aus altem Holz und Wein, aber auch die Ausstattung des Raumes hatte damit zu tun. Was der Mensch hier so brauchte, um es bequem zu haben, einen Tisch und irgendwelche Sitzgelegenheiten, war nicht weiter wichtig. Dafür mußten Möbelstücke herhalten, die für den Bauernhof schon viel zu schäbig waren. Aber alle Behältnisse und Gerätschaften, die den Weg der Trauben zum Wein begleiteten, standen würdig und ordentlich da, wie für ein erstarrtes Ritual, das erst wieder zur Zeit der Lese seinem Jahr für Jahr gleichen Ablauf folgen würde.

Das galt besonders für Preßhäuser wie das von Friedrich Kurzbacher, wo noch eine alte Baumpresse den Raum beherrschte. In den mächtigen Preßbalken war eine Jahreszahl eingeschnitzt: 1779. Damals war Österreich noch eine Monarchie, und die Bauern mußten sich in das Diktat der Grundherren fügen. Die Gegenwart war durch einen kleinen Wandkalender vertreten, Geschenk der Aloisia Habesam, überaus gut sortiert in Gemischtwaren und Gerüchten. Polt kannte solche Kalender aus seiner Kindheit. Über einem dicken Block mit einem Abreißzettel für jeden Tag des Jahres tanzten zwei Zwerge aus erhaben geprägtem Karton.

Er hörte die Stimme seines Freundes von der Kellertür her. »Macht's was? Ich hab eine Flasche Grünen Veltliner offen.«

»Schon gut!« Polt hatte Durst und nicht nur Durst. Er hatte auch so richtig Lust auf diesen jungen, spritzigen Wein. »Halb voll«, sagte er trotzdem vorsichtig.

Der Kurzbacher füllte das Glas bis zum Rand. »Die obere Hälfte, wenn's recht ist.«

Sein Gast neigte heiter resignierend den Kopf und nahm einen kräftigen Schluck. Der frische Geschmack von Trauben füllte den Mund, berührte leichthin den Gaumen und kehrte für einen kleinen, verführerischen Abschied wieder. Polt seufzte, streckte behaglich die Beine unter dem Tisch aus, senkte seine Nase und genoß den Duft, der ihn an sonnenheißes Weinlaub erinnerte, an warm leuchtende Herbsttage in der Kellergasse. Das Glas war angenehm kühl in seiner Hand, im strohgelb leuchtenden Wein tanzten hellgrüne Lichter.

Die zwei Männer tranken eine gute Weile schweigend und ließen die Stille reden, mager und faltig der alte Weinbauer, der Gendarm von achtungsgebietender Leibesfülle.

Friedrich Kurzbachers Preßhaus stand ein wenig abseits der großen Brunndorfer Kellergasse für sich allein.

Auf dem schmalen Güterweg, der sachte ansteigend vom Talboden zum Waldrand am Grünberg führte, gab es wenig Verkehr. In den Weingärten ringsum wurde um diese Zeit kaum gearbeitet, und die Getreidefelder waren abgeerntet. Hier fiel es Simon Polt leicht daran zu glauben, daß die Zeit einfach den Atem anhielt, um einem Gendarmen und seinem Freund Ruhe zu gönnen.

Eigentlich gab es keinen Grund dafür, den mittlerweile unendlich schwer gewordenen Hintern jemals wieder zu heben. Immerhin hob Polt sein Glas und schaute ins blendend helle Sonnenlicht, das durch die Tür und die kleinen Fensteröffnungen drang. »Ein Sommertag und dein Grüner, Friedrich, da fehlt nicht viel zum Paradies!«

»Jaja, der Wein paßt schon in diesem Jahr. Aber vor ein paar Tagen hab ich einen Veltliner vom Höllenbauern gekostet… da kommt unsereiner nicht mit.«

»Glaub ich nicht«, sagte Polt, um dem Kurzbacher eine Freude zu machen.

»Dann verstehst nicht viel.«

»Auch wieder wahr«, gab der Gendarm friedlich zu. »Weißt du übrigens, daß unser Kirchenwirt, der Franzgreis, einen Zimmergast hat?«

»Nein. Was für einen?«

»Einen Wiener. Angeblich will er über unseren Wein schreiben.«

»Soso.« Der Weinbauer hatte nicht richtig hingehört, weil ihn etwas ablenkte. Sepp Räuschl stand in der Türöffnung und wartete schweigend.

»Trinkst vielleicht auch was?« fragte der Kurzbacher nach einer Weile.

Noch immer wortlos trat der Besucher näher, nahm Platz, griff nach dem gefüllten Glas, kostete, nickte anerkennend und grinste.

»Ist was?« fragte Polt.

Räuschl trank noch einmal und wischte sich mit der Hand über den Mund. »In der Nacht! Wissen S' das noch nicht, Herr Inspektor?«

»Ich war nicht im Dienst.«

»Jemand hat vors Gemeindeamt von Burgheim geschissen. Genau vor die Eingangstür.«

»Und?«

»Die Gemeindearbeiter haben's weggeräumt, zu dritt. Tun ja alles miteinander. Auch das Saufen.«

»Da hat's aber einer sehr eilig gehabt.« Kurzbacher griff nach der geleerten Flasche. »Ich hol einen Frischen.«

Räuschl wandte sich an den Gendarmen. »Wenn Sie mich fragen, Herr Inspektor, Notfall war das keiner.«

»Sondern?«

»Was weiß ich. Vielleicht einer von den Jungen. Die sind ja mit dem Bürgermeister übers Kreuz seit diesem, diesem… na…«

»Clubbing?«

»Jaja, in der Art. Möchte wissen, wer so was braucht auf dem Land. Früher hat's ein Kirtag auch getan.«

»Mit Rauferei, nicht wahr?«

Inzwischen war der Kurzbacher aus dem Keller zurückgekommen, öffnete die mitgebrachte Flasche, schenkte nach und holte aus einer altmodischen Einkaufstasche Brot und Speck. »Zugreifen, Leute! Viel ist es nicht, war nur für mich gedacht.«

Die drei Männer aßen und tranken und redeten und tranken. Das Sonnenlicht draußen wurde rötlich und erlosch, die langen Schatten versickerten in der Dämmerung, dann wurde es Nacht. Kurzbacher hatte Licht gemacht.

Irgendwann trat Polt ins Dunkel vor dem Preßhaus, um Wasser zu lassen. Er schrak zusammen, als er neben sich eine leise Stimme hörte. »Herr Inspektor! Ist es gestattet?«

Der Gendarm kannte die Stimme, und er kannte den Geruch. Kein Zweifel: Bruno Bartl stand neben ihm. Polt schob ihn ins Preßhaus. »Der Bruno ist am Verdursten, Friedrich!«

»Na, so was!« Kurzbacher füllte ein Glas, Bartl trank es in einem Zug leer und hielt es mit bittender Gebärde dem Weinbauern hin. Nach dem dritten Glas wurde er ruhiger und setzte sich zu den Männern an den Tisch. Er wohnte unter erbärmlichen Verhältnissen in einer Weingartenhütte, und sein Alltag bestand seit vielen Jahren nur darin, sich irgendwo und irgendwie den täglichen Rausch zu holen. Aber Bartl war ein ruhiger und umgänglicher Mensch mit besseren Manieren als so mancher im Dorf, darum ließ man ihn leben, wie er es wollte. Polt schaute ihm nachdenklich ins Gesicht. Normalerweise zeigte es um diese Zeit nur noch betrunkenen Frieden. Doch diesmal meinte Polt etwas Unruhiges, Gequältes zu erkennen. »Muß ich mir Sorgen machen, Bruno?«

Bartl senkte den Blick. »Angst hab ich. Angstvoll viel Angst.«

»Ja, und was oder wer macht dir Angst?«

Bartl hob den Kopf und schaute Polt aus ungewohnt klaren Augen an. »Ich. Ich mach mir Angst.«

Räuschl lachte, und Kurzbacher legte Bartl den Arm um die schmalen Schultern. »Wie bringst du denn das fertig?«

Bartl schwieg lange. Dann schob er sein leeres Weinglas von sich und faltete die grindigen Hände. »Mein ist die Rache, spricht der Herr.«

Polt beugte sich überrascht vor. »Und von wem hast du das?«

»Vom lieben Gott.«

»Gar so lieb klingt das aber nicht.«

»Nein.« Bartl war aufgestanden, eine kleine, elende Gestalt. »Das ist nämlich so: Ich wachse mir über den Kopf, himmelhoch über den Kopf. So ist das.« Dann ging er.

Kurzbacher schaute ihm nach. »Der will sich wichtig machen, was?«

Der Gendarm seufzte. »Wenn ich das nur wüßte.«

Morgengrauen

Gegen vier Uhr früh wachte Simon Polt auf. Er war nackt, das Flanelleintuch, mit dem er sich zugedeckt hatte, lag zusammengeknüllt neben ihm. Das Beste an seinem unruhigen Schlaf waren die Träume gewesen. Erstaunlich, zu welchen erotischen Ausschweifungen sein Unterbewußtsein fähig war.

Durch das offene Fenster klangen Vogelstimmen. Es war noch immer sehr warm.

Indes hatte Czernohorsky, Polts roter Kater, erkannt, daß sein Mitbewohner und Ernährer aufgewacht war. Er miaute fordernd und bearbeitete mit seinen dicken Pfoten die geschlossene Schlafzimmertür.

»Ruhe, geschwänztes Monstrum!«

Czernohorsky intonierte einen Schrei, der das ganze Leid der gequälten Kreatur in einem mißtönenden Crescendo vereinte.

Polt resignierte. Kaum eine halbe Stunde später saß er am Frühstückstisch, neidvoll beobachtet von seinem nur einigermaßen gesättigten Kater.

Bis zum Dienstantritt um acht war noch Zeit. Der Gendarm entschloß sich zu einem kleinen Morgenspaziergang. Leise, um die Höllenbauern, bei denen er wohnte, nicht zu wecken, verließ er das Haus.

Der Höllenbauerhof stand in Burgheim, kaum zwei Kilometer von Brunndorf entfernt, wo der Kurzbacher zu Hause war. Brunndorf war immer klein gewesen. Burgheim hingegen hatte es in der Vergangenheit zur Stadt gebracht. Viel war von dieser, ohnedies sehr bescheidenen Bedeutung nicht geblieben. Aber nach wie vor hatte ein Notar sein Büro hier, und Polts Dienststelle gab es allen Rationalisierungsbemühungen zum Trotz immer noch.

Polt mochte den frühen Morgen recht gern, dieses zögernde Licht, in dem noch eine Ahnung von Nacht war. Gemächlichen Schrittes ging er am Kirchenwirt vorbei und am Gemeindeamt, wo er die Bekanntmachungen studierte, die in einem kleinen verglasten Kästchen mit Heftklammern befestigt waren. Ein Grundstück war zur öffentlichen Versteigerung ausgeschrieben. Der Gendarm wußte, daß es – noch – dem Firmian Halbwidl gehörte. Als Bub war Polt mit ihm zur Schule gegangen, und Jahr für Jahr war Firmian der Klassenbeste gewesen. Doch später konnte er mit seinem Schulwissen nur noch wenig anfangen. Als Weinbauer kam er mehr schlecht als recht durch. Immerhin hatte er es aber zum Mesner gebracht, zum »Sakristeidirektor«, wie die Leute sagten, und darauf war Firmian merklich stolz.

Als sich Polt der Stelle näherte, wo die Burgheimer Kellergasse in die Hauptstraße des Ortes mündete, sah er ein offenbar vielfüßiges Wesen auf sich zukommen. Bei genauerem Hinsehen war zu erkennen, daß drei Männer einander um die Schultern gefaßt hielten und so jeder jedem Halt gab. Nach unten verästelte sich die kompakte Dreieinigkeit allerdings in ein unsicher bewegtes Gewirr von Beinen. Als einer der Männer Simon Polt erkannte und die rechte Hand grüßend erhob, wurde das komplizierte Zusammenspiel der Schritte für einen Augenblick empfindlich gestört. Schnell und beinahe lautlos kam der Dreifachmensch zu Fall.

Polt half den betagten Weinbauern, die zusammen wenigstens zweihundert Jahre alt waren, auf die Füße. »Na, ihr Helden?«

Jetzt waren die Männer zu viert, und weil einer energisch und nüchtern die Richtung angab, erreichten auch alle anderen ihr Ziel. Nach vollbrachter Tat war Polt wieder allein. Er stand vor dem Kriegerdenkmal des Ortes. Auf einem mächtigen Sockel lag ein sterbender Löwe, der ein lautloses letztes Brüllen ausstieß. Der Gendarm glaubte, darin so etwas wie grimmige Befriedigung zu erkennen. Letztere galt wohl der Fürsorge, die der Burgheimer Kameradschaftsbund seinem steinernen Raubtier seit jeher angedeihen ließ. Am semmelblonden Schutzanstrich wurde nie der geringste Makel geduldet, und neuerdings hatte man unter gewaltiger Kraftanstrengung den Sockel, der vordem parallel zur Straße gestanden war, ein wenig gedreht. Diese neue Position gab dem Denkmallöwen unbestritten eine gewisse Dynamik.

»Der schaut so drein, als hätte er gestern im Keller ein Glas zuviel erwischt, hab ich recht?«

Polt hatte gar nicht bemerkt, daß jemand neben ihm stand. »Nur keine Respektlosigkeiten!« Er schaute dem frühen Spaziergänger ins Gesicht. »Sie wohnen im Kirchenwirt, nicht wahr?«

»Wohnen? Meine Fürstensuite hat ungefähr die Maße einer Einzelzelle im Gefängnis, aber bei weitem nicht deren Komfort. Wie auch immer. Heinz Hafner ist mein Name, wenn ich mich recht entsinne. Mit wem habe ich das Vergnügen?«

»Simon Polt, ich bin Gendarm hier.«

»Im Augenblick offensichtlich außer Dienst.« Hafner machte eine unbestimmte Handbewegung. »Wissen Sie, was ein Scribomane ist?«

»Nein.«

»Dachte ich mir fast. Ein zwanghaft Schreibender. Ich bin so einer. Schreibe immer, wenn ich mich nicht gerade sinnvoll betrinke oder mich angesichts schöner Frauen bloßstelle, durchaus auch im konkreten Sinne des Wortes Schreiben macht mich reich, berühmt und schön. Die elitärste Freß- und Saufpostille des Landes wäre ohne mich längst verhungert oder verdurstet.«

»Und was treibt Sie auf die Straße, so früh am Morgen?«

»Die betäubende Wirkung des Trebernbrandes vom Kirchenwirt hat nicht lange genug angehalten. Nach nicht einmal vier Stunden war ich wach. Da bin ich eben losgezogen, um dieses ländliche Niemandsland mit herrlichen Gedanken und unsterblichen Zeilen zu beschenken. Da, sehen Sie.« Hafner zog ein Gerät in der Größe eines flachen Notizblocks aus der Rocktasche. »Termine und Adressen, Wörterbücher und Rechner, Projektorganisation und Textverarbeitung. Internet natürlich.«

»Und Sie werden über den Wein im Wiesbachtal schreiben?«

»Auch, Herr Gendarm, auch.«

»Da gibt es für Sie in unseren Kellern viel zu entdecken!«

»Das fürchte ich allerdings.«

Die beiden waren redend ein paar Schritte gegangen. Dann blieb Hafner stehen und zog Polt am Hemdärmel. »Zeit für eine dienstliche Wahrnehmung, mein Freund!«

»Was meinen Sie damit?«

»Richten Sie das Auge des Gesetzes auf das Gebäude der Freiwilligen Feuerwehr! Sehen Sie nichts im Fenster?«

Polt schaute angestrengt und glaubte ein Flackern zu erkennen. Rasch trat er näher. Tatsächlich. Da war Feuer im Zeughaus. Flammen züngelten aus einem Haufen Uniformen, der auf dem Boden lag.

»Originell.« Heinz Hafner stand neben ihm und hatte sein Handy gezückt. »Soll ich den Feuerwehrnotruf wählen? Haben Sie übrigens das hier bemerkt?« Er zeigte auf eine kleine Kreidezeichnung auf der Mauer, die einen Hut mit Feder darstellte. »Paßt irgendwie nicht in die Gegend, hm?«

»Ja. Nein.« Polt warf noch einen Blick auf das Feuer. Es machte einen recht harmlosen Eindruck. »Rufen Sie lieber nicht an. Und entschuldigen Sie mich für ein paar Minuten.« Er lief zur nahen Telefonzelle und wählte die Privatnummer des Burgheimer Feuerwehrkommandanten.

»Ja? Weinwurm. Was ist los, zum Teufel?«

»Ich bin's, Simon Polt. Im Zeughaus brennt es, Edi!«

»Bist besoffen oder wie?«

»Schön wär's. Du, das schaut mir nach einem Bosheitsakt aus. Wenn ich jetzt Meldung mache und ihr offiziell ausrückt, lacht morgen das ganze Wiesbachtal. Zieh dich an, komm her und tu was dagegen!«

»Und du willst mir keinen blöden Streich spielen, Simon?«

»Nein. Verdammt noch einmal.«

»Also gut.«

Das Feuer war rasch gelöscht, und der Gendarm wollte Heinz Hafner noch bitten, nicht darüber zu reden. Doch vorerst konnte er ihn nirgends sehen. Dann entdeckte er ihn hinter dem Kriegerdenkmal. Er hielt sein wunderliches Gerät schräg ins Morgenlicht und tippte mit einem kleinen schwarzen Stift unglaublich schnell auf den Bildschirm.

Seltsamer Mensch, dachte Polt. Wie ein Motor, der zu hoch dreht. Dann ging er auf Hafner zu. »Darf ich kurz stören?«

»Sie möchten sicher, daß diese possierliche Feuersbrunst unter uns bleibt.«

»Ja.«

»Die Freude kann ich Ihnen machen. Und wäre ich eine gute Fee, hätten Sie noch zwei Wünsche offen.«

»Man kann nicht alles haben.«

»Wem sagen Sie das.«

Auf dem Weg nach Hause blieb Polt noch einmal vor dem Gemeindeamt stehen. Der Asphalt vor der Eingangstür war gesäubert. Doch den kleinen, mit Kreide gezeichneten Hut an der rechten unteren Ecke der Tür hatte wohl niemand bemerkt.

Um acht betrat Polt mit mäßigem Diensteifer die Wachstube. »Guten Morgen! Ist der Chef da?«

Inspektor Holzer hob müde den Kopf. »Grüß dich, Simon. Er hat Besuch. Die Karin Walter wollte mit ihm reden. Unser Verkehrsunterricht in der Schule, du weißt schon. Wahrscheinlich balzt der Alte jetzt wie ein Auerhahn.«

»Wenn er nicht gerade eine Leberkässemmel in Arbeit hat.« Mißmutig schaute Polt aus dem Fenster, wartete und fragte sich, was es denn da so endlos zu besprechen gäbe. Er hatte gerade den Entschluß gefaßt, mit irgendeiner Ausrede ins Büro seines Dienststellenleiters vorzudringen, als er eine Hand auf seiner Schulter spürte. Er fuhr herum und stand der jungen Lehrerin gegenüber. »Karin!«

»Hallo, Simon. Können wir rasch ein paar Sätze reden, ungestört?«

Ernst Holzer grinste, stand auf und ging.

»Also, was ist?«

»Es geht um den Fürst Franzl, du kennst ihn ja.«

»Den Lehrer? Natürlich.«

»Hat sich was mit Lehrer! Er ist gekündigt worden, vor ein paar Wochen schon. Alle haben ihn gemocht, Kinder, Eltern, Kollegen. Niemand hat ihm seine Verrücktheiten übelgenommen und seine oft recht extremen Standpunkte. Aber die Sauferei hat ihn kaputtgemacht, Simon. Er war einfach nicht mehr tragbar.«

Polt nickte. »Sein Zimmer im Gemeindehaus hat er ja auch verloren. Wohnt jetzt in der Burgheimer Kellergasse, soviel ich weiß.«

»Wohnen ist übertrieben, Simon. Aber seine Verwahrlosung wär nicht das Schlimmste. Er ist dabei, sich aufzugeben, will einfach nicht mehr. Und wenn ich ihm gut zureden will, macht er mir Komplimente und spielt mir den fröhlichen Luftikus vor.«

»Und wenn ich mit ihm rede?«

»Wer weiß, vielleicht funktioniert das besser, von Mann zu Mann. Danke, Simon!« Karin strich ihm mit den Fingerspitzen über das schlecht rasierte Kinn.

»Eine Dienstauffassung ist das, ich muß schon sagen!« Von der Tür her klang die kräftige Stimme der Aloisia Habesam.

Polt räusperte sich. »Guten Morgen. Was kann ich tun für Sie?«

»Mir zum Beispiel sagen, warum Sie so einen roten

Kopf haben, Herr Inspektor Polt. Und warum eine Jung-
lehrerin die Schule schwänzt. Aber darum geht's nicht.«

»Sondern?«

»Dieser Bruno Bartl war heute in meinem Geschäft.
Ich hab lüften müssen nachher.«

»Und?«

»Wenn wer fragt, dann ich! Und ich möchte wissen,
woher er das Geld gehabt hat.«

»Wofür denn, Frau Habesam?«

»Für ein Küchenmesser. Ein großes, scharfes. Und ganz
verliebt angschaut hat er's.«

Das Faß des Diogenes

Polt vermißte den vertrauten Geruch von Leberkäse, als
er das Büro seines Vorgesetzten betrat.

»Kannst du mir sagen, Simon, warum ein Mensch bei
halbwegs klarem Verstand so etwas ißt?« Harald Mank
löffelte eine weißliche Masse aus einem kleinen Pappbecher. »Die Mayonnaise schmeckt wie Stearin, und der
Rest schmeckt nach gar nichts.«

»Kindheitserinnerungen, wenn du mich fragst.« Polt
nahm sich einen Sessel, von dem er hoffte, daß er vorhin
Karin Walter getragen hatte. »In den sechziger Jahren war
so ein Gabelbissen der pure Luxus.«

»Jaja. Und Sportgummi-Zuckerln im Kino. Aber du
möchtest wohl über was anderes mit mir reden.«

»Ja, schon. Im Zeughaus der Feuerwehr hat's gebrannt,
so gegen sechs Uhr früh. Ich war zufällig dabei. Keine

große Sache. Nur etwas ist mir komisch vorgekommen: Alle Fenster waren zu, und die Tür war versperrt, wie immer. Trotzdem hat einer drinnen Feuer gelegt, und zwar so, daß nicht viel passieren konnte. Der Weinwurm Edi hat's inoffiziell gelöscht und will sich erst einmal bei seinen eigenen Leuten umhören.«

»Gute Idee. Ist ja leider gar nicht so selten, daß ein Feuerwehrmann zündelt. Was ich noch sagen wollte: Von dieser anrüchigen Sache vor dem Gemeindeamt hast du schon gehört?«

»Ja, Sepp Räuschl hat's mir erzählt. Ich glaube fast, da kommt noch was auf uns zu. Gut möglich, daß diese Bosheitsakte, oder was immer das war, miteinander zu tun haben. Einen Hinweis dafür gibt es sogar. Aber der schaut eher nach einem Schundheftlroman aus.« Polt nahm ein Blatt Papier und skizzierte ungeschickt einen Hut. »Der geheimnisvolle Täter hinterläßt sein Zeichen.«

Harald Mank betrachtete mit Abscheu die Mayonnaisereste im Pappbecher. »Behalten wir die Sache eben im Auge, Simon. Ganz abgesehen davon: Diese Karin Walter! Da wär ich ganz gern wieder Schüler.«

»Klar.« Simon Polt stand auf. »Mit einem Stammplatz auf der Eselsbank.«

Tags darauf, an einem dienstfreien Sonntagvormittag, schob der Gendarm sein schwarzes Waffenrad durch die ansteigende Burgheimer Kellergasse. Die Sonne stand noch nicht hoch am Himmel, aber sie hatte schon Kraft, und die Wände der Preßhäuser leuchteten blendend hell. Sehnsüchtig dachte Simon Polt an die Weinkeller darunter, wo es auch im Hochsommer sehr kühl blieb, so um die zwölf, dreizehn, höchstens vierzehn Grad.

Etwa auf halbem Weg zweigte eine schmale Kellergasse ab, die nur aus wenigen Preßhäusern bestand. Eines davon hatte irgendwann eine seltsame Verwandlung durchgemacht. Aus dem schlichten Gebäude mit klaren Konturen war durch zahlreiche Zubauten ein skurril anmutendes Häuschen geworden. Polt störte zwar jedes Preßhaus, das seinem Wesen entfremdet wurde, doch dieses Ergebnis ungehemmter Baulust, seit Jahren unbenutzt und dem Verfall preisgegeben, hatte etwas Rührendes in seiner sündhaften Unschuld. Die Unbestimmtheit der

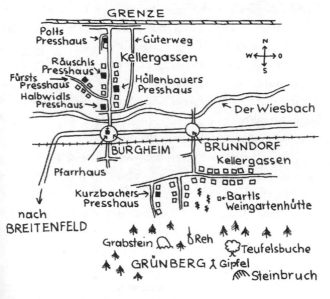

Lageplan Burgheim, Brunndorf und Umgebung

baulichen Erscheinung setzte sich übrigens bis in das Grundbuch fort, das keine faßbaren Eigentumsverhältnisse auswies. So hatte es im Dorf kaum Probleme damit gegeben, Franz Fürst hier wohnen zu lassen.

Der Gendarm brauchte den ehemaligen Lehrer nicht lange zu suchen. Er lag auf einem Wiesenstück, auf das der schüttere Schatten von Buschwerk fiel, und schlief. Polt setzte sich ins Gras, wischte den Schweiß von der Stirn und wartete. Der Schlafende trug alte Turnschuhe und Jeans. Der magere Oberkörper war nackt und tief gebräunt. Der Kopf lag auf dem rechten Arm, Strähnen der langen, braunen Haare mischten sich in die Grashalme. Als ihn eine Fliege im Gesicht kitzelte, wachte Franz Fürst auf, öffnete mit einiger Mühe die verquollenen Augen und erblickte seinen Besucher. »Simon Polt! Das freut mich aber wirklich! Entschuldigen Sie, daß ich geschlafen habe. Aber wer die Nacht zum Tag macht...«

»Kommt vor, nicht wahr?«

»Jaja. Bei mir sogar in schöner Regelmäßigkeit. Wollen Sie was trinken?«

»Nein danke, viel zu früh für mich!«

»Und ich halte mich an die profunde Säuferweisheit, daß man mit dem anfangen soll, womit man nächtens aufgehört hat.« Er griff suchend ins Gras und fand ein sehr schmutziges Glas. »Die dazugehörige Flasche sollte eigentlich im Kühlschrank stehen.«

»Ein Kühlschrank, hier?«

»Ja, wir sitzen drauf.« Franz Fürst zeigte auf ein Loch in der Wiese, an dessen Rand eine starke Schnur zu sehen war. Er zog daran und hatte bald darauf eine halbgeleerte

Weinflasche ans Licht gehievt. »Dieses Dunstloch erspart mir den Weg in den Keller. Auf Ihr Wohl, Herr Inspektor!«

Franz Fürst trank ohne Hast, mit sichtlichem Genuß. »Ein Veltliner vom Sepp Räuschl. Aus meiner guten Zeit hab ich auch noch ein paar noblere Flaschen im Keller. Aber die passen nicht mehr zu mir.«

Polt wußte nicht recht, wie er anfangen sollte. Dann entschloß er sich dazu, die Dinge beim Namen zu nennen. »Schade, daß Sie nicht mehr an der Schule sind.«

»Ja, schade.« Franz Fürst schüttete den Rest Wein im Glas auf die Wiese. »Aber ich war am Ende kein guter Lehrer mehr. Und Kinder brauchen gute Lehrer, ganz gute.«

»Ja, und jetzt?«

»Ich gebe mir derzeit Nachhilfe in Selbsterkenntnis, vor allem, was mein Trinkverhalten betrifft, ich meine, die Sauferei.«

»Sie werden doch nicht aufhören wollen damit?«

»Nur das nicht! Ganz im Gegenteil, ich arbeite hart an einer Steigerung. Gar nicht so sehr, was die Menge angeht. Da bin ich ziemlich an der Grenze. Es geht um etwas anderes. Aber wie erklär ich das einem braven Gendarmen. Na, vielleicht so. Nehmen wir einmal in aller Unschuld etwas Kreatürliches: Essen, zum Beispiel. Ein recht banaler Lustgewinn, ganz gleich ob er derb, genießerisch oder gekünstelt daherkommt. Am Ende bist du satt und faul und langsam im Kopf. Später aber kommt dann so eine kleine, unbeschwerte, magische Zeit. Da bist du weder satt noch hungrig, und der Kopf ist frei für geniale

Spinnereien. Daß dieser Triumph des Stoffwechsels letztlich im Klo endet, macht nichts. Erzieht zur Bescheidenheit.«

Polt nickte. »Ich gebe mir Mühe, Ihnen zu folgen.«

»Sehr gut, setzen. Die Sache mit dem Saufen ist da schon komplizierter. Obwohl das mit dem schöpferischen Zustand danach recht ähnlich aussieht, nur viel intensiver. So lange sich Rausch und Ernüchterung die Schwebe halten, bist du mehr, als du bist. Aber im Himmel ist man näher an der Hölle als irgendwo sonst. Es fängt damit an, daß du dich mit einem Todfeind einläßt.«

Franz Fürst stand auf und machte eine theatralische Geste. »Die Zeit, in der ich auf Hermann Hesse hereingefallen bin, ist lange vorbei. Aber einen Text mag ich noch immer:

So ist der Wein. Doch es ist mit ihm wie mit allen köstlichen Gaben und Künsten. Er will geliebt, gesucht, verstanden und mit Mühen gewonnen sein. Das können nicht viele, und er bringt Tausende um Tausende um. Er macht sie alt, er tötet sie oder löscht die Flamme des Geistes in ihnen aus. Seine Lieblinge aber lädt er zu Festen ein und baut ihnen Regenbogenbrücken zu seligen Inseln. Er legt, wenn sie müde sind, Kissen unter ihr Haupt und umfaßt sie, wenn sie der Traurigkeit zur Beute fallen, mit leiser und gütiger Umarmung wie ein Freund und wie eine tröstende Mutter. Er verwandelt die Wirrnis des Lebens in große Mythen und spielt auf mächtiger Harfe das Lied der Schöpfung.

Ist natürlich trotzdem Kitsch, das alles, aber schön. Ein geschickter Mensch, der Hesse, wie er mit Wortwahl und Sprachfarben spielt. Dabei geht es um etwas ganz Banales. Nehmen wir zum Beispiel das Glücksspiel. Die meisten zahlen drauf, ein paar wenige werden reich. Aber im Mittelpunkt steht immer die Spielleidenschaft, die Sucht.«

»Ihr Wortgedächtnis möchte ich haben, Herr Fürst.«

»Von wegen. Das meiste ist längst weggesoffen. Nur ein paar Lieblingstexte kann ich noch aufsagen, immer wieder, wie eine Gebetsmühle. Ziemlich langweilig für meine Freunde.«

Polt riß ein paar Grashalme aus. »So richtig habe ich nicht begriffen, worauf Sie hinauswollen. Aber mir kommt es so vor, als ob Sie sich da ein paar schöne Ausreden für das Saufen zurechtphilosophieren.«

»Durchaus denkbar. Wär ein schönes Streitgespräch wert, eine Nacht lang oder so.«

»Nein danke. Zu anstrengend für mich.«

»Es käme dann womöglich auch noch zu Dienstverfehlungen! Ist es Ihnen übrigens schon aufgefallen, Herr Gendarm, daß die meisten Menschen sich nur bemühen, nichts falsch zu machen, statt einfach das Richtige zu tun?«

»Und Sie tun einfach das Richtige, Herr Fürst?«

»Nein. Ganz bestimmt nicht. Ich richte mich mit heiterer Miene zugrunde. Verdammt rücksichtslos gegenüber allen, die noch immer zu mir halten. Aber es ist eben Herbst für mich, mitten im Sommer.«

»Selbstmitleid?«

»Klingt so, trifft aber nicht zu. Eher ein letzter Rest von Vernunft. Hat Sie übrigens die Karin Walter geschickt, für ein Gespräch von Mann zu Mann?«

»Ja.«

»Liebe, liebe Karin.«

»Ja.« Polt dachte nach. »Könnte vielleicht eine neue Aufgabe etwas für Sie ändern, Herr Fürst? Im Weinbaumuseum fehlt zum Beispiel jemand, der sich um alles kümmert.«

»Und der nach einer Woche die Eintrittsgelder versäuft.«

»Sind Sie verliebt in Ihr Unglück, oder was?«

»Natürlich. Gendarmen haben immer recht.«

»Blödsinn. Aber wenn Sie mich schon an meinen Beruf erinnern: Nachts hat sich ja in den letzten Tagen einiges getan in Burgheim. Wissen Sie davon?«

»Vielleicht war ich dabei, irgendwie?«

»Aber! Da wüßt ich gerne mehr darüber!«

»Sie werden nichts erfahren. Und wenn Sie mir jetzt mit Ihrer amtlichen Autorität kommen: Wovor sollte ich noch Angst haben?«

»Was sagen Sie zu der Bitte, mir zu helfen?«

»Nichts. Weil es keine Hilfe wäre, wenn ich rede.«

»Auch gut.« Polt stand auf. »Schade um die Zeit.«

»Ja. Schade.« Franz Fürst hatte sich abgewandt und schaute zu Boden. »Und sagen Sie der Karin, daß sie wiederkommen soll. Bitte.«

»Damit Sie ihr was vorspielen können?«

»Ihr und mir. Das hilft ein wenig.«

Der Tod im Wald

Am späten Vormittag war die Kellergasse fast unbelebt. Erst nach dem Essen würden hier Familien einen kleinen Sonntagsspaziergang unternehmen und ein paar alte Männer wie jeden Tag langsam und unbeirrt den Kellern zustreben. Doch einer, Bruno Bartl, war schon jetzt unterwegs, und er hatte es offenbar eilig. »Hallo, Bruno!« Polt hielt ihn am Hemdsärmel fest. »Was treibst du denn hier? Du bist doch in der Brunndorfer Kellergasse zu Hause.«

Bartl blieb widerwillig stehen. »Ich bin überall zu Hause, Herr Inspektor Polt.«

»Ja, wenn du das so siehst. Hast du ein paar Minuten Zeit für mich?« Der Gendarm schob ihn zu einer kleinen Holzbank, die im Schatten üppig wuchernder Robinien stand. »Also, wo zieht es dich hin, Bruno?«

»Zum Herrn Fürst. Ein kluger Mann, der Herr Fürst, und so freundlich.«

»Und immer eine kühle Weinflasche in Griffweite, nicht wahr?«

»Im Weine liegt Wahrheit.«

»Jaja. Und auch sonst noch allerhand. So nebenbei, Bruno: Du hast dir doch ein Küchenmesser gekauft, ist das richtig?«

»Hab ich! Ein langes, spitzes Messer, ganz ein scharfes!«

»Und wozu brauchst du so was?«

»Ich muß den Heiligen Geist vertreiben. Weil er mich sonst aus dem Himmel vertreibt.«

»Welcher Heilige Geist? Was meinst du mit Himmel?«
Bartl lächelte nur und breitete die Arme aus.

»Jedenfalls braucht man keine spitzen Messer da oben.
Hör einmal, Bruno, wie wär's damit: Du gibst mir das
Messer, weil ich mehr damit anfangen kann, als Gendarmerie-Inspektor. Dann zeigst du mir den Heiligen Geist,
und ich werde sehen, ob ich dir helfen kann.«

»Geht nicht. Herr Inspektor. Nicht böse sein! Es wär
meinem Engel nicht recht.«

»Bruno!«

»Ja, Herr Inspektor?«

»Ich sperr dich ein, wenn du was anstellst. Bei Wasser
und Brot. Wasser! Hast du gehört? Wasser!!«

Bruno Bartl senkte schweigend den Kopf, und Simon
Polt machte sich wieder auf den Weg. Er ließ sein Fahrrad
bergab ungebremst laufen, um ein wenig Fahrtwind zu
spüren.

Als er in die Ortsstraße einbog, sah er den Pfarrer zu
Fuß von der Kirche her kommen. Polt bremste. »Grüß
Gott, Hochwürden!«

»Grüß dich, Simon. Ob die Kellergasse der richtige Ort
für den Sonntagsgottesdienst ist, muß ich mir erst über-
legen.«

»Ich hab's dort immerhin mit guten Werken versucht,
Herr Pfarrer. Aber unser Franz Fürst will von christli-
cher Nächstenliebe nichts hören.«

»Ja, der! Es ist ein Jammer. Ein Heiliger auf seine Art,
obwohl er mit der Kirche und meinesgleichen nie etwas
anzufangen wußte. Kommst du mit? Ich geh zum Kirchenwirt Mittag essen.«

»Aber Sie haben doch eine wunderbare Köchin im Pfarrhof?«

»Der Amalie geht es heute nicht besonders. Ich hab ihr Bettruhe verordnet.«

»Doch nichts Ernstes?«

»Sagen wir: Es vergeht wieder. Kennst du den Fürst Franzl gut, Simon?«

»Nicht wirklich. Die Karin Walter macht sich als ehemalige Kollegin Sorgen um ihn und wollte, daß ich mit ihm rede.« Es war sehr heiß geworden. Auf dem kurzen Weg zum Kirchenwirt gab es nichts, das Schatten spendete. Polt schaute zu seinem Begleiter hin und wunderte sich wieder einmal darüber, wie es der geistliche Herr fertigbrachte, trotz seines schwarzen Anzugs nicht ein einziges Schweißtröpfchen auf der Stirn zu zeigen.

»So laß ich mir den Sommer gefallen!« Aufatmend nahm der Pfarrer im Schatten eines großen Kastanienbaums Platz. Simon Polt setzte sich ihm gegenüber.

Wie auch andere Wirtshäuser im Wiesbachtal hatte der Kirchenwirt früher auf einen Gastgarten verzichtet. Für die Weinbauern gehörte der Aufenthalt im Freien zum Arbeitsalltag, aus dem sie auch bei schönem Wetter gerne in die Stube flüchteten. Doch Gäste aus der Stadt saßen lieber im Freien, und allmählich fanden auch die Einheimischen Gefallen daran.

Als Franz Greisinger, der Wirt, auch kurz Franzgreis genannt, den Pfarrer und den Gendarmen an einem Tisch sitzen sah, kam er näher, den großen Schnurrbart feierlich gesträubt. »Virgil Winter und Simon Polt! Was bringt denn euch zwei zusammen?«

»Der Zufall«, sagte der Pfarrer.

»Oder die Vorsehung«, ergänzte der Gendarm fromm.

Franzgreis fächelte sich mit der Speisekarte Kühlung zu. »Zwei Portionen Ente wären noch da, ganz frisch aus dem Ofen!«

Simon Polt und Virgil Winter schauten einander erfreut an und nickten.

»Und was darf's zu trinken sein?«

»Ein großes kühles Bier, und zwar möglichst schnell. Sie auch, Herr Pfarrer?«

»Lieber ein Mineralwasser gegen den Durst und dazu ein Achtel Blauen Portugieser.«

Während sich Franzgreis ohne erkennbare Hast entfernte, schaute Virgil Winter sinnend vor sich hin. An diesem Sonntagvormittag war der Gastgarten voller Menschen. »Weißt du eigentlich, Simon, daß der Wein an die fünfhundert Mal in der Bibel genannt wird? Um ein gotteslästerliches Getränk wird es sich demnach wohl nicht handeln. Und die wunderbare Weinvermehrung bei der Hochzeit von Kanaan können auch sehr trockene Exegeten nicht als göttlichen Aufruf zur Mäßigung interpretieren. Aber wie überall in der Welt hat auch der Teufel die Klauen im Spiel. Na ja. Der Blaue Portugieser vom Franzgreis ist jedenfalls ein höchst erfreulicher Tropfen.«

»Und paßt natürlich gut zur Ente…«

»Freilich. Aber mir ist überhaupt der Rote lieber. Als Meßwein nehme ich den Cabernet Sauvignon vom Höllenbauer, obwohl mich der Mesner und die Köchin im Chor dafür schelten. Die Flecken in den Altartüchern, weißt du!«

Das Essen hatte Simon Polt müde gemacht. Nach einem langen Mittagsschlaf besuchte er Karin Walter, um von seinem Gespräch mit Franz Fürst zu berichten.

»So ist er eben.« Die Lehrerin schob unwillig einen Stoß blauer Schulhefte beiseite. »Aber ein ganz lieber Mensch ist er auch. Ich könnte dir Geschichten und Geschichten erzählen, Simon. Aber etwas anderes. Ich wollte mich heute noch ein wenig am Grünberg umschauen, für den Schulausflug im Herbst. Kommst du mit?«

»Ja«, sagte Polt, »ja, gerne.« Und er spürte ein deutliches Kribbeln im Nacken.

Am Waldrand legten Karin Walter und Simon Polt ihre Fahrräder ins Gras. Die Lehrerin schaute den Gendarmen prüfend an. »Was fällt dir auf, an so einem Übergang zwischen zwei Lebensräumen?«

»Nicht viel.« Polt war noch ein wenig außer Atem. »In Naturkunde war ich ziemlich schwach. Aber man lernt ja nie aus, nicht wahr?«

»Das ehrt dich, mein Lieber. Schau einmal: Diese Stauden da gehören noch nicht richtig zum Wald, weil sie viel Licht und Wärme brauchen. Andererseits könnten sie ohne den Schutz höherer Gehölze nicht gedeihen. Gleich dahinter wachsen so ziemlich alle Sträucher, die bei uns im Weinviertel vorkommen. Unglaublich viele Insekten gibt es da, seltene Schmetterlinge, und natürlich Vögel.«

Simon Polt war auch jetzt kein guter Schüler. Er achtete kaum darauf, was die Lehrerin sagte, aber er fand den Klang ihrer Stimme außerordentlich reizvoll. Auch hielt er es für pure Zeitverschwendung, Grünzeug zu betrachten und dabei womöglich Karin Walter aus den Augen zu verlieren.

»Mir nach, Simon! Der Weg ist fast zugewachsen um diese Jahreszeit.«

Aus der Stille, die über den Weingärten lag, tauchten die beiden in das vielstimmige Halbdunkel des Buschwerks ein und fanden sich wenig später zwischen schlanken Baumstämmen wieder. »Eichen, Hainbuchen und Linden stehen hier, Simon. Der Hohlweg vor uns folgt einem der langen Täler, die den Hängen des Grünbergs eine überraschend komplizierte Struktur geben. Und da links führt ein schmaler Weg direkt zum Gipfel, der Jungfernsteig.«

Polt versuchte nicht zu grinsen. »Den nehmen wir!«

»Nein. Wir gehen geradeaus. Ich will dir was zeigen.«

Nach einer Weile blieb Karin stehen und schaute sich suchend um. »Da muß es irgendwo sein. Dieser Graben linker Hand ist ein aufgelassener Hohlweg. Komm, wir müssen auf die andere Seite.«

Abseits des Weges war es mühsam voranzukommen, hüfthoch wucherte das Grün. »Wir sind gleich da, Simon. Diese kleine Lichtung da vorne: Fällt dir was auf?«

Polt sah Stauden und hohes Gras, aus dem Blumen leuchteten. Die tiefstehende Sonne legte lange Baumschatten darüber. »Was soll mir hier auffallen, Karin? Schön ist es.«

»Ja, das auch. Außerdem stehst du vor einem Tatort, mein Lieber!«

Die Lehrerin lief auf die Wiese und teilte mit beiden

Händen das Gras. Der rundliche Buckel eines flach behauenen Steines kam ans Licht. Aus der Nähe erkannte Simon Polt dann ein Kreuz und verwitterte Schriftzüge.

»Ein Grabstein, Karin?«

»Ja. Der Fürst Franzl hat ihn entdeckt, und ihm ist es auch gelungen, die Inschrift zu entziffern. Unter der Jahreszahl 1638 wird berichtet, daß hier ein gewisser Georg von Datschit begraben liegt, der von drei Personen *unerbärmlich ist ermerdet worden.*«

»Na, das sind Raubersgschichten!« Der Gendarm betrachte fasziniert den Stein. Dann stutzte er. »Du, Karin, da, an der Rückseite, ist noch etwas, nur oberflächlich eingekratzt!«

»Tatsächlich, Simon. Ein Hut mit Feder! Kommt mir übrigens bekannt vor. Ein wenig wächst schon Moos darüber. Muß lange her sein, daß sich hier jemand verewigen wollte.«

»Stimmt. Allerdings ist mir diese Zeichnung in den letzten Tagen auch anderswo untergekommen.«

»Erzähl!«

»Später einmal. Ist wahrscheinlich halb so wichtig. Du solltest dich lieber um die Auffrischung meiner botanischen Kenntnisse bemühen.«

»Gern! Dieser einzelnstehende Baum da ist eine Wildkirsche, leicht zu erkennen an den Querstreifen der Rinde.« Die Lehrerin nahm Simon Polt an der Hand. »Komm, wir nehmen einen anderen Weg zurück. In ein paar Minuten sind wir am Saugraben. Der führt geradewegs zur Brunndorfer Kellergasse.«

Entschlossen drang sie durch dichtes Gehölz vor.

Dann blieb die Lehrerin so plötzlich stehen, daß der Gendarm fast gegen ihren Rücken prallte. »Simon, um Himmels willen!«

Sie schaute nach oben, Polt folgte ihrem Blick und sah ein totes Reh. Eine Drahtschlinge hatte sich tief in den Hals eingeschnitten, After und Maul waren von Fliegenschwärmen bedeckt.

Das Urteil im Keller

»Prost, Simon!« Christian Wolfinger, jagdgrün gekleidet wie immer, hob sein Schnapsglas. »Das wird deinen Magen beruhigen. Das Reh hängt am Baum, sagst du? Wie ein Gehenkter am Galgen?«

Polt, der den Jäger am Abend zu Hause angetroffen hatte, nickte.

»Dann ist es geschnellt worden. Das ist ein alter Wilderer-Ausdruck. Ein junger Baum wird zu Boden gebogen und befestigt. Mit dem Stamm ist eine Drahtschlinge in Kopfhöhe des Wildes verbunden. Das Reh verfängt sich, versucht verzweifelt zu entkommen, der Baum schnellt hoch und das Tier ist sofort tot. Wundert mich, daß jemand solche Umstände macht.«

»Ging's denn auch anders?«

»Klar. Die Drahtschlinge allein genügt. Das Reh stranguliert sich in seiner Panik. Hat für einen Wilddieb auch noch den Vorteil, daß es im Unterholz liegenbleibt und nicht so rasch entdeckt wird. Andererseits dauert der Todeskampf viel länger.«

»Also ein irgendwie humaner Wilderer, in unserem Fall, nicht wahr?«

»Ja. Und vermutlich auch noch einer, dem es nicht auf die Beute ankommt. Sonst hätte er das Reh nicht so lange hängenlassen.«

Polt trank sein Glas leer. »Was ist denn das für ein Teufelszeug?«

»Dirndlschnaps, ganz was Rares. Nur der alte Reisinger tut sich noch die Arbeit an. Wochenlang ist er im Spätsommer auf dem Grünberg unterwegs und sammelt die Dirndlfrüchte. Kornelkirschen heißen sie auch noch, glaub ich. An die fünfzehn Kilo braucht man für nur einen Liter.«

»Na, vielleicht sollt ich das dem Herrn Hafner erzählen.« Polt war aufgestanden. »Der mag ja offenbar Hochprozentiges. Ich seh ihn übrigens heute noch. Kleine Kostrunde im Höllenbauerkeller.«

Als sich Polt auf den Weg in die Kellergasse machte, war es dunkel geworden. Die Straße war fast menschenleer, nur vor dem Kirchenwirt standen ein paar junge Leute und redeten gelangweilt aufeinander ein. Polt kannte sie alle. Monika Brunngraber, noch keine elf Jahre alt, versteckte rasch ihre Zigarette, als sie den Gendarmen sah.

Die Stimmen verklangen, und Polt hörte nur noch das Summen des altmodischen Dynamos und das leise Ächzen des Fahrradsattels. Er überquerte den Wiesbach, die Lichter von Burgheim blieben zurück. Dunkelheit umfing ihn warm und dicht. In einiger Entfernung sah er die Laternen der Kellergasse als Kette von Lichtern auf dem

Hang zur tschechischen Grenze hin. Hunderte von Preßhäusern standen dort dicht aneinandergereiht, und jedes hatte einen geräumigen Weinkeller unter sich. Polt freute sich darüber, daß einer dieser Keller auf ihn wartete, eine heimliche, freundlich erhellte Welt im Bauch der Erde.

Als er die Preßhäuser erreicht hatte, stieg Polt vom Fahrrad und schob es gemächlich bergan. Trotzdem holte er Sepp Räuschl ein. Dem alten Weinbauern war zwar kein Weg zu weit, aber jeder rasche Schritt zuviel. Nur einmal in seinem Leben war er gerannt, damals, als im Keller ein Weinschlauch platzte.

»Grüß Gott, Herr Räuschl! Auch zum Höllenbauern unterwegs?«

Der Wandersmann schaute Polt stumm ins Gesicht, nickte andeutungsweise und ging ein paar Schritte neben ihm her. »Rennen Sie nur voran, Herr Polt«, sagte er dann, »mein Gott, diese jungen Leute, wissen nicht wohin mit ihrer Kraft. Und wenn's dann einmal darauf ankommt, fehlt's hinten und vorn.«

Am Ziel angelangt, sah Polt Ernst Höllenbauer, den Mesner Firmian Halbwidl und Heinz Hafner, zu dem offensichtlich ein geradezu provozierend schönes Cabriolet gehörte, beieinander stehen. Ein Mann, der schwarze Jeans und einen dünnen schwarzen Pullover trug, fotografierte das Auto. Polt kannte ihn.

Peter Paratschek war nach seiner Pensionierung von Wien nach Burgheim gezogen. Der Gendarm wunderte sich, ihn hier zu sehen. Heinz Hafner hatte seinen erstaunten Blick bemerkt. »Den Peter habe ich mitgebracht. Ich kenne ihn von früher. Kann allerdings nicht behaupten, daß dieser Umstand mein Leben entscheidend bereichert.«

Paratschek lachte. »So ist er, der Heinz! Wer solche Freunde hat, braucht keine Feinde mehr!«

Hafner war neben sein Auto getreten. »Was sagen Sie dazu, Herr Inspektor?«

»Ich bin sprachlos.«

»Passiert mir nie. Und das hier ist ein BMW z8. Romantische Sinnlichkeit und arrivierter Reichtum, gekonnt eingebettet in seine eigene Herrlichkeit. Die ideale Ergänzung meiner eindrucksvollen Persönlichkeit. Und dann noch vierhundert Pferdestärken, eine unverzichtbarer als die andere.«

Wider Willen war Polt beeindruckt. »Und was kostet das Wunder?«

»Zwei Millionen Schilling, und Sie sind im Club. Ihr Veloziped ist übrigens auch nicht zu verachten, mein lieber Herr Ordnungshüter. Wird längst nicht mehr gebaut, das Steyr Waffenrad. Keine Gangschaltung, dafür aber ein würdiger Rücktritt und dann noch diese hinreißend wirkungslose Stoppelbremse für das Vorderrad. Sind Sie geneigt, das edle Fahrzeug zu verkaufen?«

»Wie? Ach so. Nein.«

»Ein Gendarm mit Stil und Bodenhaftung. Wer hätte das gedacht. Gehen wir's an?«

Ernst Höllenbauer schaute die Kellergasse hinunter. »Ich warte nur noch auf den Sepp Räuschl. Na, bitte. Da kommt er schon. Im Eilschritt, wie üblich.«

Der Mesner hob dozierend den Zeigefinger: »Einszweidrei! Im Sauseschritt eilt die Zeit, wir eilen mit. Christian Morgenstern.«

»Wilhelm Busch«, sagte Heinz Hafner, »und es heißt ›läuft‹ und nicht ›eilt‹. Aber trotzdem sehr begabt. Wie war doch gleich Ihr Name?«

»Halbwidl. Firmian Halbwidl. Zu einem Ganzwidl haben es meine Vorfahren leider nicht gebracht.«

Ernst Höllenbauer hatte inzwischen die von der Außenseite des Preßhauses zugängliche Kellertür geöffnet. »Bitte, die Herren!«

Polt betrat als letzter die steile Kellerstiege, deren unteres Ende im Dunkeln lag. Schon nach den ersten Stufen war es merklich kühler. In der feuchten Luft lag eine Ahnung von altem Mauerwerk, von Holz, Pilzen und Wein. Der Gendarm holte tief Atem und betrachtete die kleine Gruppe vor sich. Der junge Höllenbauer schritt mit selbstverständlicher Gelassenheit voran. Polts Schulfreund Firmian, ein wenig zu schön angezogen für den Keller, drehte sich immer wieder zu Heinz Hafner um, der sich so leicht und sicher bewegte, als wäre er schon oft hier zu Gast gewesen. Peter Paratschek versuchte mit ihm Schritt zu halten. Sepp Räuschl, klein und hager, folgte den Männern mit deutlichem Abstand. Unten angelangt, griff Ernst Höllenbauer nach dem Lichtschalter.

Heinz Hafner stieß einen leisen Pfiff aus, als er die lange Reihe mächtiger Fässer unter den hohen Ziegelgewölben sah.

»Ein ehemaliger Klosterkeller.« Der Höllenbauer führte seine Gäste weiter nach hinten, wo auf einem runden Tisch Gläser standen. Auch eine Kellerjause war vorbereitet. »Brot vom Burgheimer Bäcker, Selchfleisch vom Godlhof. Ein Biobauer, übrigens.«

Hafner griff ungeniert zu. »Bio.« Sagte dann kauend: »Soso. Und die geliebten Schweine schlachtet der sanftmütige Landwirt wohl, indem er sie mit seiner häßlichen Frau zu Tode erschreckt.«

Peter Paratschek lachte beifällig. Dann schaute er Polt an. »Kann ich gleich einmal Anzeige erstatten, wenn ich schon einen Gendarmen zur Hand habe?«

»Nicht im Keller. Kommen Sie morgen in die Wachstube. Worum geht's?«

»Um die Feuerwehr. Mein Haus steht ja schräg gegenüber.«

»Peter!« Heinz Hafner warf seinem Begleiter einen schnellen Blick zu.

»Ja? Was ist?«

»Halt die Goschn!«

Paratschek schaute zu Boden, und Ernst Höllenbauer rückte wortlos die Gläser zurecht.

Firmian Halbwidl gab sich einen Ruck und hob bedeutsam sein angebissenes Brot. »Ich bin nicht nur Weinbauer, Herr Hafner, sondern auch Mesner. Und als solcher könnte ich Ihnen vielleicht ein besonderes kulinarisches Erlebnis anbieten.«

»Wollen Sie mich auf eine Hostie einladen?«

»Bei allen Nothelfern, nein! Aber wir haben eine Pfarrersköchin, die auch einen Gourmand wie Sie begeistern wird.«

»Gourmet, wenn schon.«

Polt wischte sich mit dem Handrücken über den Mund.

»Der Firmian übertreibt manchmal, aber was die Amalie betrifft, hat er recht.«

Hafner grinste. »Es ist also amtlich. Ja dann! Wenn wir übrigens gerade vom Essen reden, lieber Herr Gendarm. Hat es bei Ihnen Rehbraten gegeben, heute abend?«

Polt zuckte zusammen. »Reh? Verdammt noch einmal, woher…«

»Ich war bei Frau Habesam, essentielle Dinge des Lebens einholen: Fleckputzmittel, Schokobananen und die neuesten Nachrichten.«

Paratschek schluckte hastig sein Brot hinunter. »Die alte Vettel! Mir erzählt sie nie was.«

»Du bist ja auch keiner, dem man etwas erzählt. Doch abgesehen davon, ans Werk, meine Herren! Womit wollen Sie mich betören?«

Ernst Höllenbauer griff zum Weinheber.

»Ein Grüner Veltliner«, sagte er, als wenig später die Gläser gefüllt waren. »Ein junger, frischer Wein. Kabinett, trocken. Zwölf Prozent Alkohol.«

Polt beobachtete Heinz Hafner, wie er Farbe und Klarheit prüfte, das Glas schwenkte, konzentriert schnupperte, einen guten Schluck nahm und ihn mit einer kauenden Bewegung im Mund verteilte. Nach einer Weile schüttete er den Rest Wein im Glas in einen bereitstehenden Krug und schwieg.

»Ich will ja nichts sagen«, begann Sepp Räuschl.

»Dann sag auch nichts«, unterbrach ihn der Höllenbauer und schaute Hafner fragend an, der den Blick lächelnd erwiderte. »Also soll ich was sagen, nicht wahr Blasse Farbe, indifferentes Verhältnis von Gerbstoff un

Säure, grasiges Aroma. Als Kuh wäre ich begeistert. Kein Format, alles in allem, leider. Dopplerware. Ein Wein zum Saufen, nicht zum Trinken. Aber Sie haben ja noch mehr zu bieten, Herr Höllenbauer, na?«

Dann war es still im Keller. Still und sehr kalt. Polt hatte das lähmende Gefühl, bei einer Hinrichtung anwesend sein zu müssen. Es folgte Schlag auf Schlag.

»Ein blauer Portugieser, fruchtig, samtig. Dreizehn Volumprozent Alkohol.«

»Keine Kraft, mein Lieber, kein Ausdruck. Es sei denn, man ist wild auf Kaffeesud. Eindimensional, flach, harmlos. Und dann reißt er auch noch ab.«

»Ein Cabernet Sauvignon 98. Hohe Reife der Trauben bei der Ernte. Fängt an, sich zu runden. Der Pfarrer nimmt ihn als Meßwein.«

»Das grenzt an Gotteslästerung.«

»Und warum, Herr Hafner?«

»Dominanter Alkohol. Hier, sehen Sie die Schlieren am Glas. Und der Geschmack erinnert mich an Brennesseln. Dazu paßt das kratzige Tannin. Ein kantiger Bursche, der im Hals steckenbleibt. Nein, danke.«

»Ein 95er Traminer, würzig. Reife Auslese mit feiner Restsüße.«

»Erinnert frappant an einen 96er, mein ich? Kühle Nordlage, wie ich vermute, und zu lange auf der Maische gestanden. Keine Säure, dafür um so mehr Alkohol. Prädikat aufdringlich.«

Heinz Hafner stellte sein Glas hörbar auf den Tisch. »Nichts für ungut, alle miteinander! Ich habe das dringende Bedürfnis, die Wirkung dieser edlen Tropfen mit ein paar doppelten Schnäpsen zu vertiefen. Adieu!« Polt sah ihn mit Peter Paratschek im Gefolge leichtfüßig die Kellerstiege hinaufeilen und wandte sich dann den Weinbauern zu, die einander stumm anstarrten.

»So ein Depp, so ein angeberischer«, sagte irgendwann Sepp Räuschl.

»Keine Ahnung hat er«, sagte Firmian Halbwidl.

»Ich weiß nicht… «, sagte Ernst Höllenbauer und ließ den Rest Traminer langsam auf den Kellerboden rinnen.

Der Garten des Herrn

Harald Mank leckte an seinem Zeigefinger, als Polt das Büro betrat. »Ich habe versucht, einen Kompromiß zwischen Leberkässemmeln und Gabelbissen zu finden, Simon.«

»Und?«

»Schwedenbomben. Willst du auch eine?«

»Nein, danke. Der gestrige Tag verdirbt mir noch immer den Appetit.«

»Das tote Reh?«

»Ja, auch. Wenn es einen Zusammenhang mit den anderen Vorfällen in den letzten Tagen gibt, dann hat sich der Spaß gründlich aufgehört. Möchte wissen, wo das noch hinführt.«

Harald Mank holte eine Schwedenbombe aus der Schreibtischlade und betrachtete sie mit unverhohlener Gier. »So nebenbei läßt sich die Angelegenheit jedenfalls nicht mehr behandeln. Ich habe schon mit Chefinspektor

Hauswirt vom Kriminaldienst in Breitenfeld geredet. Doch zu den erfreulichen Dingen: Wie war es denn gestern abend beim Höllenbauern?«

»Erfreulich, sagst du…« Polt unterbrach sich, schaute zur Tür und sah Inspektor Holzer, der breit grinste. »Hoher Besuch für dich, Simon. Geistlicher Besuch. Geht es womöglich gar ums Aufgebot? Aber ist es denn so eilig, daß der hochwürdige Herr Pfarrer gleich in die Wachstube kommt?«

Polt war aufgestanden. »Keine Ahnung, was der hier will. Oder doch, ich kann's mir denken.«

Obwohl Virgil Winter keine Soutane, sondern einen grauen Anzug trug, wirkte er fremd am Schauplatz irdischer Staatsgewalt. »Grüß Gott.« Er wandte sich Harald Mank zu. »Ich hätte gerne ein paar Minuten mit dem Simon Polt geredet, wenn es der dienstliche Alltag zuläßt.«

»Gern. Ihr könnt mein Büro haben.« Mank nahm eine Schwedenbombe als Wegzehrung mit und verließ den Raum.

Der Pfarrer schaute sich ein wenig unbehaglich um. »Mein Mesner ist kreuzunglücklich, Simon. Erst spricht er, ohne mich zu fragen, diese Einladung aus, und dann möchte er sie zurücknehmen.«

Polt ertappte sich dabei, daß er gedankenverloren im Notizblock seines Vorgesetzten blätterte. Rasch legte er ihn weg. »Der Firmian macht sich gerne wichtig. Und jetzt will er eben mit dem feinen Herrn nichts mehr zu tun haben. Ich kann's verstehen.«

»Weil er den Höllenbauern fertiggemacht hat.«

»Ja.«

»Dieser Heinz Hafner, was ist er für ein Mensch, Simon?«

»Was soll ich sagen, Herr Pfarrer. Mit solchen Leuten kenn ich mich nicht aus. Aber anfangs war er mir ganz sympathisch, auf seine Art.«

»Wie auch immer, Simon. Wenn er so weitermacht in den Weinkellern, wird's bösen Unfrieden geben.«

»Ja.«

»Sehr gesprächig bist du nicht, mein Lieber.«

»Nein. Mich packt die kalte Wut, wenn ich an gestern abend denke.«

Der Pfarrer überlegte schweigend. Dann stand er auf, ging auf den Gendarmen zu und legte eine Hand auf seine Schulter. »Ich befinde mich zwar in einem fremden Revier, Simon, aber du wirst trotzdem tun, was ich dir sage.«

»Und das wäre?«

»Du sorgst dafür, daß sich die gestrige Kellerrunde am Sonntag gegen Mittag bei mir im Pfarrgarten versammelt. Schönes Wetter vorausgesetzt.«

»Die werden mir was pfeifen. Entschuldigen Sie, Herr Pfarrer. Und ich hab erst recht keine Lust, wirklich nicht.«

Virgil Winter lächelte milde. »Wer redet von Lust, mein Sohn? Bis Sonntag also!«

Am Abend traf Polt den Höllenbauern zu Hause an und berichtete von der Einladung.

»Damit dieser Hafner dem Pfarrer sagen kann, welchen Schund er als Meßwein nimmt?« Polts Freund zuckte mit den Schultern. »Na ja, ist auch schon egal.«

Sepp Räuschl nahm die Nachricht tags darauf, vor seiner Hoftür stehend, mit grimmiger Genugtuung entgegen. »Der Herr Pfarrer wird diesem aufgeblasenen Besserwisser den Teufel schon austreiben. Ich bin dabei, Herr Polt.«

Blieb noch Heinz Hafner. Der Gendarm war im Dienst, als er ihn im Ortsgebiet von Brunndorf an den Straßenrand winkte.

»Jaja, der rächende Arm des Gesetzes. Für mehr als 0,5 Promille kann ich jederzeit garantieren, und ziemlich genau zwölf Stundenkilometer war ich zu schnell.«

Simon Polt schaute über Hafner hinweg. »Hochwürden Virgil Winter lädt die Kostrunde vom Höllenbauer-Keller am Sonntag mittag in den Pfarrgarten ein. Also auch Sie.«

»Gibt's Kleidungsvorschriften? Kugelsichere Weste oder so?«

»Werden Sie kommen?«

»Natürlich.«

»Und den Herrn Paratschek bringen Sie mit?«

»Das wird sich kaum vermeiden lassen.«

Polt wandte sich ab und ging ein paar Häuser weiter zum Gasthaus Stelzer, bestellte ein großes Bier, trank es hastig aus und kümmerte sich nicht um die erstaunten Blicke der anderen Gäste.

Am folgenden Sonntag machte er sich zwar mit einem unguten Gefühl auf den Weg zum Pfarrhaus, bemerkte aber auch, daß die Vorfreude auf Amalie Pröstlers Kochkunst seine düsteren Gedanken allmählich überlagerte.

Die Tür zum Garten stand offen. Polt trat ein und fand

sich zwischen üppig wucherndem Wildwuchs wieder, nur da und dort mit leichter Hand gezähmt. Aus dem dunklen Grün, das sich die Gartenmauer hochrankte, leuchteten bläuliche Blüten, das Gelb hochgewachsener Sonnenblumen setzte kräftige Farbtupfer davor. Zwischen Unkrautwiesen gab es Rosensträucher, Kletterrosen beschatteten kleine Laubengänge.

Simon Polt fand den Pfarrer auf einer Holzbank sitzend vor, die um den Stamm einer Birke gebaut war. »Grüß Gott. Da bin ich also.«

»Wie schön für mich, Simon. Noch sind wir allein. Soll ich dir den Garten zeigen?«

»Ja, bitte.«

Der Pfarrer erhob sich. »Einen Frühling kann ich natürlich nicht bieten. Aber die Glyzinen und die Rosen haben ihre zweite Blüte. Da in den Steintrögen siehst du Dahlien, Fuchsien und Pelargonien. Und die großen, weißgestreiften Blätter im Mauerschatten sind Funkien. Die ersten Chrysanthemen blühen auch schon. Schöner Gruß vom Herbst, nicht wahr? Aber nicht nur das Auge soll satt werden. Komm mit.« Sie kamen zu einem eingezäunten Bereich. »Amalie Pröstlers Zaubergarten. So frische und naturbelassene Kräuter und Gemüse wie hier gibt es im besten Feinkostladen nicht. Und gleich daneben hat mein Hühnervolk jede Menge Auslauf: zwei Hennen und ein Hahn.« Der Pfarrer lachte. »Heißt übrigens Joseph II.«

Polt stutzte. »Aber der hat doch die Klöster zusperren lassen!«

»Die Namensgebung hat keine historischen Gründe

mein lieber Simon, sondern höchst aktuelle. Joseph I. ist mir vor einer Woche gestohlen worden. Doch halt, wir bekommen Besuch.«

Firmian Halbwidl näherte sich in Begleitung der beiden anderen Weinbauern. Er gestikulierte heftig und redete viel. Der Pfarrer seufzte. »Mein Sakristeidirektor! Doppelt so fromm und dreimal so gescheit wie ich. Grüß Gott, die Herren! Gehen wir gleich einmal nach hinten. In der Weinlaube müßte Amalie eigentlich schon etwas vorbereitet haben.«

Tatsächlich stand dort ein festlich gedeckter Tisch, und davor standen Peter Paratschek und Heinz Hafner, der schon von den Vorspeisen kostete. Kauend drehte er sich zu den anderen Gästen um und hielt eine Gabel hoch. »Petits ognions à la orientale, wenn ich mich nicht irre. Zwiebelchen in Weißwein gedünstet, mit Tomaten, Knoblauch, Koriander und nicht zu wenig Safran. Hätte der gute alte Bocuse nicht besser hingekriegt. Alle Achtung.«

Virgil Winter lächelte. »Normalerweise kocht die Gute ja ziemlich bodenständig, doch manchmal kommt sie auf die seltsamsten Ideen. Was darf es übrigens zum Trinken sein? Den Cabernet Sauvignon kann ich reinen Herzens empfehlen.«

»Ich auch!« bemerkte Heinz Hafner und steckte mit einer gezierten Bewegung das Zwiebelchen in den Mund.

Polt und die Weinbauern starrten ihn sprachlos an, Ernst Höllenbauer war blaß geworden. Peter Paratschek grinste.

»Wie war das doch gleich?« Hafner zückte sein elektronisches Notizbuch. »Farbe extrem dicht, fast schwarz im Zentrum, Purpur oder auch Bordeaux am Rand. Sehr komplexe Nase: schwarze Johannisbeeren, ein Hauch von grünem Paprika. Und dann, im Mund: voluminöser Körper, tiefe Frucht, kräftiges Tannin, charaktervolle Säure, eindrucksvoll langer Abgang. Ein absoluter Hammer, um es einmal vulgär zu sagen.«

»Den Spott können Sie sich sparen.« Ernst Höllenbauer wandte sich ab.

Heinz Hafner schaute dem Pfarrer ins Gesicht. »Ich spreche die lautere Wahrheit, so wahr mir Gott helfe.«

Virgil Winter neigte den Kopf. »Und letzten Sonntag? Im Keller?«

»Lug und Trug. Wenn ich schon einmal am Beichten bin, sollte nicht verschwiegen werden, daß ich einen schlechten Charakter habe. Ich spiele gerne mit Menschen, die den Fehler machen mitzuspielen. Ihre Weine, Herr Höllenbauer, sind tadellos und mehr. Aber bei Ihnen fehlt etwas. Selbstbewußtsein, mein Lieber! Sie hätten sich kein falsches Wort von mir gefallen lassen dürfen.« Peter Paratschek hatte Heinz Hafner bewundernd angeblickt. Jetzt nickte er bedeutsam.

Ernst Höllenbauer trat dicht an Hafner heran. »Ich habe nicht geglaubt, daß ein Mensch wie Sie im Keller lügt!«

»Der Teufel hat lange Krallen!«

Der Pfarrer griff zur Weinflasche. »In Gottes Namen!« Mit ruhiger Hand schenkte er ein und hielt sein Glas gegen das Licht. »Na bitte. Die Mittagssonne bringt sogar diesen finsteren Burschen zum Leuchten!«

Heinz Hafner legte eine Hand auf Ernst Höllenbauers Schulter. »Ich muß mich entschuldigen. Ich wollte zwar boshaft sein, aber nicht verletzend.«

»Ist schon gut«, sagte der Weinbauer mit spröder Stimme.

»Aber eine Gemeinheit war's trotzdem«, sagte Sepp Räuschl.

Ernst Höllenbauer bückte sich, um eine in Papier eingewickelte Flasche aufzuheben, die im Schatten unter dem Tisch lag. »Jetzt fällt es mir leichter, mein Gastgeschenk loszuwerden. Ein ganz besonderer Meßwein, Herr Pfarrer, ein Cabernet Sauvignon Jahrgang 79! Ohne Etikett, wie's früher so der Brauch war. Aber Sie können den Wein nicht verwechseln, weil's diese altmodischen Flaschen heute gar nicht mehr gibt.«

»Da sage ich aber herzlich danke schön, Herr Höllenbauer! Den raren Tropfen werde ich mir feierlich zum Sechziger einverleiben. Erst einmal zur Meßfeier und dann privat, und zwar für mich allein. Hat also noch fünf Jahre Zeit.« Virgil Winter schaute auf seine dickleibige Taschenuhr. »Nehmen wir besser Platz. Die Amalie ist pünktlich und wird bald mit dem Servieren beginnen.«

Wenige Minuten später erschien tatsächlich die Pfarrersköchin im Garten, die gefüllte Suppenschüssel vor ihrem mächtigen Busen. Der Pfarrer, der Mesner, die Weinbauern und der Gendarm blickten ihr mit begehrlichem Wohlwollen entgegen. Heinz Hafner aber sprang so hastig auf, daß er beinahe den Tisch umgestoßen hätte. Er schaute der Köchin einige Sekunden lang stumm ins Gesicht. »Amy Pröstler! Kann das sein?« fragte er dann leise.

Die Köchin gab keine Antwort. Sie ließ die Suppenschüssel fallen und ging mit steifen Schritten davon.

Nun war auch der Pfarrer erschrocken aufgestanden. »Entschuldigen Sie bitte. Ich habe die Amalie noch nie so erlebt. Ich schaue wohl besser nach, wie es ihr geht.«

Zwischen den Gästen herrschte erst einmal Schweigen. Polt starrte auf zwei Suppenknödel, die vor seine Füße gerollt waren. Er kannte von früheren Anlässen her ihre überirdische Flaumigkeit und Würze. Dann wandte er sich Heinz Hafner zu, dessen Gesicht plötzlich ernst und kantig wirkte. »Was war denn das?«

»Das?« Hafner trank sein Glas mit einem Schluck leer. »Privatsache. Aber Sie gehen nicht fehl, meine Herrschaften, wenn Sie auch dieses Ereignis auf meinen schlechten Charakter zurückführen. Adieu.«

Firmians Welt

Nach einer guten Viertelstunde kehrte Virgil Winter zu seinen Gästen zurück. »Alles im Lot soweit. Ich habe ihr ausnahmsweise einen guten Schluck Wein verordnet, und sie hat sich beruhigt. Ich will das Vertrauen meiner Köchin nicht mißbrauchen. Soviel nur: Sie und Heinz Hafner haben eine böse Rechnung offen. Ich hätte ihr seinen Namen nennen sollen, als ich Besuch angekündigt habe. Aber wer rechnet denn damit! Wo ist er eigentlich?«

Simon Polt machte eine ausholende Geste. »Auf der Flucht, oder so. Hat die Amalie denn nicht gewußt, daß er im Wiesbachtal ist?«

»Nein. Im Gegensatz zu früher ist sie sehr häuslich geworden, und ihre Einkäufe erledigt sie einmal wöchentlich in Breitenfeld, wenn Markttag ist.«

Firmian Halbwidl drehte theatralisch seine Handflächen nach oben. »Ich hätte ihr bestimmt von ihm erzählt, wir sind ja gut miteinander, sehr gut. Aber ich wollte ihr eine Freude machen. Ein berühmter Feinschmecker als Überraschungsgast!«

Der Pfarrer schaute seinen Mesner nachdenklich an. »Noch so eine Überraschung, Firmian, und wir haben eine Köchin weniger. Na ja, wir sind wohl beide schuld. Die Amalie wollen wir für heute in Ruhe lassen. Aber hungrig geht von mir keiner weg. Darf ich euch in die Küche bitten? Selbstbedienung!«

Die Männerrunde im Pfarrhaus gab sich erst noch ein wenig förmlich, das änderte sich aber bald, und zu guter Letzt stellte sich heraus, daß Virgil Winter über einen erstaunlichen Fundus an Witzen verfügte, die allesamt Pfarrer und deren Köchinnen zum Gegenstand hatten.

Irgendwann stand Firmian Halbwidl auf und blickte bedeutungsvoll in die Runde. »Und jetzt lade ich euch zur Krönung dieses Mittagmahls alle in meinen Keller ein.«

Ernst Höllenbauer lehnte mit dem Hinweis auf seine Frau ab, Sepp Räuschl erinnerte sich daran, daß er für den Nachmittag einen Weinkunden erwartete, und Virgil Winter meinte, es sei wohl klüger, sich um das seelische Befinden seiner Köchin zu kümmern.

Polt sah, wie das feierliche Lächeln in Firmians Gesicht dünn wurde und dann nur noch ein gespielter Rest übrigblieb. »Ich komme gerne«, sagte er, »aber nur kurz.«

»Sehr schön! Ich nehme kalten Braten und Brot als Kellerjause mit.« Der Mesner warf dem Pfarrer einen vorsichtigen Blick zu. »Wenn es gestattet ist.«

Virgil Winter lachte auf. »Als ob ich in diesem Haus irgend etwas zu bestimmen hätte! Geh mit Gott, Firmian, aber geh!«

Das Preßhaus des Mesners stand am unteren Ende der Burgheimer Kellergasse. Die beiden Männer waren zu Fuß gegangen. Als sie eintraten, fiel Polts Blick gleich einmal auf das Bild einer streng blickenden Nonne, das über der Kellertür befestigt war. »So etwas würde mir aber die Laune verderben!«

»Mir nicht.« Der Mesner, schon auf der Kellerstiege, blieb stehen und drehte sich zu seinem Gast um. »Der Pfarrer wollte es wegwerfen. Das habe ich nicht zulassen können als kunstsinniger Mensch. Darf ich dich nach unten bitten?«

Polt folgte ihm in einen kleinen, doch reizvoll verwinkelten Lößkeller. Das Holz der Fässer war sorgsam gepflegt, die schwarzen Eisenreifen glänzten. Der Mesner griff zum Weinheber. »Mein Königreich, Simon. Was darf es sein? Ich habe mich auf Grauburgunder und Blauburger spezialisiert. Hat nicht jeder, weißt du?«

»Eins nach dem andern, wir schaffen das schon.«

»Jaja, soviel ist es ja wirklich nicht. Aber es kommt mir mehr auf die Qualität an als auf die Menge. Hast du gesehen, was dieser Räuschl heute in sich hineingeschüttet hat? Und der hochwürdige Herr Pfarrer war auch ganz tüchtig bei der Sache, mit Verlaub. Feine Weinkenner, alle miteinander. Den 79er Cabernet Sauvignon will der Pfarrer noch fünf Jahre liegenlassen. Dabei wär's höchste Zeit, ihn zu trinken. Also, mit der Sauferei der anderen hab ich nie mitgetan. Ich genieße und denk mir meinen Teil.«

Polt beobachtete den Mesner, wie er, auf einer kleinen Leiter stehend, das Spundloch des Fasses öffnete und den Weinheber füllte. Firmian Halbwidl war mittelgroß und schlank. Mit seinem Bubengesicht unter der unbeholfenen Frisur erinnerte er irgendwie an einen Aktivisten in der Katholischen Jugend, der zwar älter, aber nicht erwachsen geworden war. »Gehen wir nach oben, Simon, hier ist es ja doch sehr kühl.«

Im Preßhaus zeigte der Mesner einladend auf zwei schwarze Klappsessel, die hinter einem kleinen Tisch an der Wand standen. »Die sind vom aufgelassenen Burgheimer Kino. Willkommen in Firmian Halbwidls Lichtspieltheater!«

»Und wie ist das Programm?« fragte Polt, als sie nebeneinander Platz genommen hatten.

Der Mesner wies zur offenen Preßhaustür. »Wenn ich hier sitze, sieht mich keiner von denen, die draußen vorbeigehen. Aber ich sehe alles.«

»Das ist aber recht wenig derzeit, nicht wahr?«

»Zugegeben. Es wird immer ruhiger in der Kellergasse. Aber da, schau, dieser große Hund! Gehört dem Gapmayer. Wird schlecht behandelt, bleibt aber friedlich. Kenn ich übrigens auch von mir. – Aber zu etwas Wichtigerem!« Der Mesner ließ goldgelben Wein in die Gläser laufen. »Das ist der Grauburgunder. Extraktreich, kräftig und mild. Hat das Zeug zum Prädikatswein.«

Die beiden kosteten, und Polt war durchaus beeindruckt. »Sauber, sauber, mein Lieber. Aber jetzt sag einmal: Gar so gut stehst du ja nicht da, wirtschaftlich, meine ich. Entschuldige, aber es hört ja keiner zu.«

»Und wenn.« Halbwidl lachte. »Daß ich arm wie eine Kirchenmaus bin, weiß doch jeder. Neulich war wieder einmal der Exekutor bei mir. Nehmen Sie Platz. Habe ich gesagt. Das ist alles, was ich Ihnen anbieten kann.«

»Na ja, solange dir nicht das Lachen vergeht.« Polt schaute zur Wand gegenüber. »Was sind das für Fotos in dem alten Bilderrahmen?«

»Die gehören auch zu meinem Lichtspieltheater, alles Erinnerungen, schöne Erinnerungen.« Der Mesner stand auf, nahm den Rahmen von der Wand und legte ihn vor Polt auf den Tisch. »Da, schau: Ich als Jugendtrainer des FC Brunndorf. Erst gefeiert, dann gefeuert. Und hier: Firmian mit Jagdgewehr. Leider nur geborgt, fürs Foto. Und ist das nichts? Meine Angelobung als Kassenwart beim Kameradschaftsbund. Auch schon Geschichte. Na, und so weiter. Wenn's mir nicht gutgeht, schau ich zu den Bildern hinüber und sage mir: Du warst so allerhand, mein Lieber, und du bist jemand, der Mesner nämlich. So!« Halbwidl hängte seine gerahmten Erinnerungsstücke an den Nagel und schloß die Preßhaustür. »Vorhang zu! Die Welt kann mich kreuzweise. Ich hol den Blauburger.«

Als die Gläser wieder gefüllt waren, hob der Mesner dozierend den Zeigefinger. »Diese Rebsorte ist aus einer Kreuzung von Blauem Portugieser und Blaufränkisch entstanden. Wissen die wenigsten. Die verstehen nur wa:

vom Geschäft. Aber manchmal ist auch unsereiner mit dem Latein am Ende. Hast du eine Ahnung, Simon, was die Amalie heute so erschreckt haben könnte? Die ist doch sonst kaum aus der Fassung zu bringen.«

Der Gendarm schüttelte den Kopf. »Im Pfarrhaus weißt du besser Bescheid als ich, und diesen Heinz Hafner kenne ich kaum. Wie ist sie denn übrigens so privat, die Amalie?«

»Anbetungswürdig. Lach nicht, Simon. Ich mein das ernst.«

»Ihr kennt euch näher?«

»Nicht so nahe, wie ich's gerne hätte. Aber was nicht ist, kann ja noch werden. Und diesen Hafner könnt ich umbringen, jederzeit.«

»Lieber nicht. Was sagst du übrigens zu diesen eigenartigen Vorfällen in letzter Zeit?«

»Ist doch klar, Simon. Der gestohlene Hahn des Pfarrers, der Scheißhaufen vor dem Gemeindeamt, das Feuer im Zeughaus, das gewilderte Reh… Da steckt ein Plan dahinter. Du wirst noch an meine Worte denken, Simon.«

»Und welcher Plan sollte das sein?«

»Da schau ich aber! Der Mesner hilft dem Gendarm auf die Sprünge. Das also ist des Pudels Kern, frei nach Schiller: Jemand möchte dafür sorgen, daß die Welt im Wiesbachtal langsam, aber nachdrücklich aus den Fugen gerät. Und das dicke Ende kommt erst, da kannst du Gift drauf nehmen.«

»Hoffentlich hast du unrecht, Firmian.«

»Ja, hoffentlich. Etwas anderes: Hast du nicht einmal gesagt, daß du gerne ein Preßhaus hättest?«

»Ja, schon. Aber wer gibt denn eins her, zu einem vernünftigen Preis?«

»Die Erben vom Ignaz Reiter wollen verkaufen. Du weißt schon, der alte Sonderling, der alles Mögliche und Unmögliche gesammelt hat.«

»Ignaz Reiter? Verdammt, das Preßhaus kenne ich.« Polt trank aufgeregt einen Schluck. »Das wär natürlich ein Traum. Und der Preis?«

»Dreißigtausend Schilling, soviel ich weiß.«

»Zwei Tausender mehr, als auf meinem Sparbuch liegen.«

Der Mesner schaute neiderfüllt. »Krösus!«

Polt hörte gar nicht hin. »Wer sind die Erben?«

»Zwei Enkel, soviel ich weiß. Wohnen in Burgheim. Hat mir der Pfarrer erzählt.«

»Glaubst, daß er mir einen zweiten Sonntagsbesuch übelnehmen würde?«

Halbwidl erhob sich. »Nicht wenn ich dabei bin.«

Die Tür des Pfarrhauses war verschlossen. Der Mesner läutete lange und ließ auch noch den schweren gußeisernen Türklopfer gegen das Holz fallen. Dann ging die Tür einen Spalt auf, und Polt sah zum ersten Mal in seinem Leben Pfarrer Virgil Winter ohne Rock und mit geöffnetem Hemdkragen vor sich. Offensichtlich hatte er einen Mittagsschlaf gehalten. Die sonst so makellose Frisur des geistlichen Herrn war zerstört. »Seid ihr verrückt, ihr zwei, oder besoffen?«

Der Mesner bekam einen roten Kopf. »Entschuldigen Sie vielmals, Hochwürden, der Simon wollte nur…«

»Dann soll er mir sagen, was er will! Na?«

»Es geht... es geht um die Erben vom Ignaz Reiter.« Polt vermied es, den Pfarrer anzuschauen.

»Peter Reiter und Hermine Petz.« Die Tür wurde lautstark zugeworfen und gleich darauf wieder geöffnet. »Warum willst du das wissen, Simon?«

»Es geht um das Preßhaus. Es soll ja zu haben sein.«

»Habgier ist eine Todsünde. Zum Teufel mit euch.«

Diesmal blieb die Tür zu.

Das Leben auf dem Lande

Ignaz Reiters Preßhaus! Polt sah es vor sich. Ganz oben in der Burgheimer Kellergasse stand es, vollgeräumt mit bäuerlichem Gerät, Kuriositäten und Altertümern. Der Gendarm überließ den Mesner seinem pfarrlichen Schicksal und ging eilig nach Hause. Die Hermi Petz kannte er ganz gut, und sie war ihm eigentlich einen kleinen Gefallen schuldig. Vor einigen Wochen hatte er spät nachts ihren Mann daran gehindert, nach der Blasmusikprobe nicht eben nüchtern sein Auto zu besteigen, und ihn mit dem Dienstwagen heimgebracht. Er suchte hastig im Telefonbuch.

»Ja, Petz?«

»Ich bin's, der Polt. Entschuldigen Sie die Störung am Sonntag. Es geht ums Preßhaus, das ihr geerbt habt.«

»Ja und? Was ist damit?«

»Ich hätte es gerne gekauft. Läßt sich da was machen?«

»Von mir aus schon. Doch das entscheidet der Peter.

Der ist aber heute nachmittag auf dem Brunndorfer Fußballplatz, soviel ich weiß.«

»Wie schaut er denn aus?«

»Der Peter? Dick. Mit Stoppelglatze. Ein richtig schöner Mann.«

Der Fußballplatz hinter dem Gasthaus Stelzer hatte nur
zwei Bankreihen für die wenigen Zuschauer. Einer von
ihnen war ohne Zweifel Peter Reiter. Polt setzte sich neben ihn und bezwang mühsam seine Ungeduld bis zum
Schlußpfiff. »Entschuldigen Sie«, redete er dann seinen
Sitznachbarn an, »Polt ist mein Name, könnten wir ein
paar Sätze miteinander reden?«

»Vor zwei Monaten waren Sie aber weniger freundlich.«

»Was soll da gewesen sein?«

»Radarkontrolle auf der Bundesstraße. Vier Uhr früh.
Siebenhundert Schilling.«

Jetzt erinnerte sich der Gendarm. »Sie waren aber auch
ordentlich flott unterwegs damals.«

»War ich. Und jetzt?«

»Ich habe schon mit der Petz Hermi telefoniert. Es geht
um das Preßhaus. Ich hätte Interesse daran.«

»So, Sie. Und warum soll ich ausgerechnet Ihnen ein
Preßhaus verkaufen? Aus Dankbarkeit vielleicht?«

Polt spürte kalten Schweiß auf der Stirn. »Ich hab Ihren Großvater noch gekannt. Ich würde in Ehren halten,
was er so alles hinterlassen hat.«

»Mir egal.«

»Ja, und diese Strafe damals. Wenn Sie die einfach auf
den Kaufpreis draufschlagen?«

Reiter warf Polt einen raschen Seitenblick zu. »Also fünfunddreißigtausend?«

Halsabschneider, dachte Polt. »Meinetwegen«, sagte er, »ich habe nur fünfhundert Schilling bei mir. Genügt das als Anzahlung?«

»Schon gut. Nächste Woche gehen wir zum Notar unterschreiben, und dann können Sie's haben, besenrein.«

»Um Himmels willen, nur das nicht! Lassen Sie bitte alles, wie es ist.«

Peter Reiter schaute Polt verwundert an. »Sie und mein Großvater! Da haben sich zwei gefunden.« Dann lachte er. »Bis dann also. Am Donnerstag, glaube ich, ist der Notar in Burgheim.«

»Wir telefonieren miteinander!«

Freudig erregt schob Polt sein Fahrrad durch den Hof des nahen Gasthauses und lehnte es hinter das Einfahrtstor. Martin Stelzer, der Wirt, stand in der Tür zum Schankraum und schaute seinem Gast ins Gesicht. »Was ist denn mit Ihnen los, Herr Inspektor? Im Lotto gewonnen?«

»Nein, ein Preßhaus gekauft. Jetzt, soeben.«

»Ein Preßhaus. Soso. Und was machen Sie damit? Sie sind doch kein Weinbauer.«

»Mir wird schon was einfallen! Einen Kaffee hätt ich gerne.«

Weil der Wirt wenig Interesse an Polts Euphorie zeigte, beschloß der Gendarm, seine Freude mit Karin Walter zu teilen, sie wohnte ja nur ein paar Häuser weiter. Zu seiner

Genugtuung sah er ihr Fahrrad an der Hausmauer lehnen und klopfte an die Tür. Das Küchenfenster wurde geöffnet. »Simon, du! Das ist eine Überraschung. Warte einen Augenblick, ich bin gerade am Gehen.«

Wenig später stand sie neben ihm. »Was führt dich zu mir?«

»Ich habe mir soeben ein Preßhaus gekauft, das vom Ignaz Reiter. Du kennst es, Karin!«

»Und ob ich es kenne! Ich verbinde aufregende Erinnerungen damit, ganz liebe übrigens auch. Aber sag einmal: Was fängst du mit einem Preßhaus an?«

»So etwas kann ich doch nicht verkommen lassen.«

»Und wieviel ist dir die edle Tat wert gewesen?«

»Fünfunddreißigtausend.«

»Und da heißt es immer, daß Männer vom Verstand gesteuert werden.«

»Ausnahmen müssen sein, Karin. Hast du Zeit? Ich hätte diesen Unverstand gerne mit dir gefeiert.«

»Ach weh. Da laß ich mir jetzt was entgehen. Aber es ist so, Simon: Dem Fürst Franzl geht es ganz schlecht. Er trinkt derzeit überhaupt nicht, und da sieht er grausam klar, wie es um ihn steht. Er sitzt da und quält sich, ist aber unfähig, irgend etwas zu tun, das die Dinge ändern könnte, obwohl er weiß, daß wir ihm alle dabei helfen würden.«

»Verstehe.« Simon Polt spürte ein deutliches Drücken in der Magengegend.

»Ich fürchte, du verstehst nicht.« Karin gab Polt einen kleinen Kuß auf den Mund. »Es ist zwar zwecklos, wenn ich bei ihm bin, aber es ist nicht sinnlos. Bis bald, Lieber!«

Sie nahm ihr Fahrrad und fuhr los. Polt stand da, und für einen verdammt flüchtigen Augenblick schmeckte die ganze Welt nach Karin Walter. Dann fühlte er sich aber doch um einiges betrogen. Nichts da! Das Leben hatte gefälligst schön zu sein, an diesem ereignisreichen Tag.

Kurz überlegte Polt, ob er sein zukünftiges Preßhaus schon einmal besichtigen sollte, wenigstens von außen. Dann aber wies er den Gedanken energisch von sich. Erst wenn der Vertrag unterschrieben und der Kaufpreis bezahlt war, durfte er sich seinem Eigentum mit berechtigter Begierde nähern.

Gedankenverloren radelte Polt durch die Brunndorfer Hintausgasse. Sie verlief parallel zur Dorfstraße an den Rückseiten der langgestreckten Bauernhöfe. An der gegenüberliegenden Gassenseite standen einzelne Wirtschaftsgebäude oder auch bescheidenere Häuser, in denen früher Landarbeiter oder Kleinbauern gewohnt hatten. Als Polt den Hof seines Freundes Friedrich Kurzbacher erreicht hatte, sah er, daß das große Tor zur Maschinenhalle offenstand. Er trat ein.

Der alte Weinbauer war eben dabei, ein Auto zu polieren, das Polt nicht kannte.

»Grüß dich, Simon! Was sagst du zu meinem Audi? Sieben Jahre alt, aber fast geschenkt. Von meinem Schwager, dem Otto.«

»Gewaltig. Und was ist mit deinem alten Opel?«

»Nichts mehr. Braucht schon mehr Öl als Benzin. Der kommt auf den Schrottplatz.«

»Trotzdem wird er mir irgendwie fehlen, Friedrich.

Übrigens hab ich auch was gekauft. Ein Preßhaus in Burgheim, das vom Ignaz Reiter, du hast ihn vielleicht gekannt.«

»Den alten Spinner? Klar. Und sein Preßhaus kenn ich auch. Wenig anzufangen damit. Die Tür geht nach hinten, da kannst mit dem Traktor schlecht zufahren, die Kellerstiege ist eng und steil, und den Keller kannst du vergessen. Ich will gar nicht wissen, was du bezahlt hast dafür. Na?«

»Fünfunddreißigtausend.«

»Das ist es nie im Leben wert. Und dann noch das Zeug im Preßhaus. Na ja, ich kann's für dich auf den Schuttplatz führen.«

»Das Zeug bleibt drin, Friedrich.«

»Wenn du meinst.«

Allmählich verspürte Polt Trotz in sich hochsteigen. Sein Kauf war eben eine sehr persönliche Angelegenheit, kein Thema für praktisch denkende Menschen. Aber da gab es ja noch die Grete Hahn im Dorf, wohlhabend, ein wenig leichtlebig, mit viel Verständnis für schöne Dinge und guten Wein. Polt hatte ohnedies versprochen, sie wieder einmal zu besuchen, und der Weg zu ihrem Haus war nicht weit.

»Mein lieber Herr Gendarm! Wenn Sie drei von den alten Möbeln verkaufen, die Sie mir beschrieben haben, hat sich das Preßhaus schon bezahlt gemacht.«

Simon Polt faßte Frau Hahn mit größtem Wohlwollen ins Auge. Sie nahm zwei Gläser aus der altmodischen Küchenkredenz. »Das muß anständig gefeiert werden, oder meinetwegen auch unanständig!«

Polt dachte nicht daran zu widersprechen. »Und dann noch die Lage«, erzählte er weiter, »herrlich ruhig, nur Grün vor der Tür. Und rund ums Preßhaus gibt es Flieder, wilde Rosen und Nußbäume.«

Frau Hahn schenkte ein. »Der Neid könnt mich fressen. Prost!«

Kaum waren die beiden Gläser aneinandergestoßen, war vor dem Haus ein Auto zu hören. Grete Hahn schaute ein wenig nervös zum Fenster. »Ich glaube fast, da kommt Besuch, mein Lieber.« Dann ging die Tür auf und Heinz Hafner trat ein, hinter ihm Peter Paratschek. Frau Hahn stand auf und stellte noch zwei Gläser auf den Tisch. »Ich brauche die Herren wohl nicht einander vorzustellen?«

Polt schaute Hafner an, der ein wenig verlegen wirkte. »Wie kommen denn Sie zur Frau Hahn?«

»Ganz einfach. Sie ist die beste Köchin des Wiesbachtals. Jetzt, wo ich weiß, daß Amy Pröstler im Pfarrhaus wirkt, muß ich allerdings sagen: möglicherweise die zweitbeste.«

»Dürfte ich Näheres erfahren?« Frau Hahn stand jetzt zwischen den beiden Männern. Hafner gab ihr einen leichten Klaps aufs Hinterteil. »Neugier macht alt und häßlich, Grete.« Paratschek kicherte.

Frau Hahn schaute zu Polt hinüber. »Das gilt offenbar nicht für Gendarmen. Der hier zum Beispiel ist ein ganz besonders schöner.«

Hafner ging nicht darauf ein und stellte eine mitgebrachte Flasche auf den Tisch. »Mein Gastgeschenk, ein 79er Cabernet Sauvignon vom Höllenbauern. Als der

Pfarrer heute mittag diesen raren Tropfen überreicht bekommen hat, ist meine Habgier wach geworden. Mit einiger Überredungskunst ist es mir dann gelungen, drei Flaschen davon zu kaufen. Eine für dich, eine für mich und eine leider für meinen wenig bedeutenden Mitläufer. Wann gibt's zu essen, Grete? Das Schicksal hat mich nämlich um ein formidables Mittagsmahl betrogen.«

Frau Hahn öffnete das Backrohr, Bratenduft füllte die Küche. »Bald! Essen Sie mit uns, Herr Gendarm?«

»Nein, danke. Ich muß weiter. Wie lange werden Sie noch im Wiesbachtal bleiben, Herr Hafner?«

»So lange es die Götter und meine Launen wollen.«

»Auch eine Antwort.« Polt wandte sich zum Gehen. Er stand schon in der Tür, als er Hafners Stimme hörte.

»Bevor ich's vergesse, Herr Gendarm. Passen Sie auf meine kleine Pfarrersköchin auf. Bitte.«

An der Himmelspforte

Der Abend kam, die Hitze blieb. Endlich zu Hause, ergriff Polt seinen sich sträubenden Kater, hob ihn hoch in die Luft und drückte ihn dann fest an sich. Czernohorsky fauchte leise. Polt füllte den Freßnapf und legte feierlich ein Stück rohes Fleisch obendrauf. »Czernohorsky, alter Fellsack, demnächst bist du ein Preßhausbesitzerskater. Was sagst du dazu?« Polts haariger Mitbewohner nahm das Fleischstück zwischen die Zähne, legte es auf den Fußboden und begann damit zu spielen.

Wenig später entstieg der Gendarm, nach Lilienmilchseife duftend, der Dusche, hüllte sich in einen schäbigen Bademantel und setzte sich ans offene Fenster.

Was für ein seltsamer Tag! Für Polt war der Pfarrhof immer ein von höheren Mächten bestimmter Bereich gewesen, ganz anders als der Alltag ringsum. Nur wenn der Pfarrer im Herbst die Gemeinde zum alljährlichen Gartenfest lud, durften irdische Freuden im Vordergrund stehen, doch auch diese hatten etwas Paradiesisches an sich. Das lag natürlich vor allem an Amalie Pröstlers Kochkunst, die an diesem Tag, und an sonst keinem im Jahr, allen gehörte, eine großzügige Spende in des Pfarrers darbende Schatulle vorausgesetzt.

Diesmal hatte Virgil Winter seinen Garten geöffnet, um Frieden zu stiften. Sein Vorhaben war gleichzeitig gelungen und gescheitert. Das Leben war offensichtlich auch im ruhigen Wiesbachtal komplizierter, als es schien.

Heinz Hafner, dieser schwer begreifliche Mensch, und die Pfarrersköchin, Heinz Hafner und Grete Hahn, Karin Walter und Franz Fürst, Karin und Simon … da sollte sich einer auskennen mit den Weibern.

Und dann noch Firmian mit seinem Lichtspieltheater. Polt hätte ihn gerne angerufen, um sich für den Hinweis auf das Preßhaus zu bedanken, doch ein Telefon konnte sich der Mesner nicht leisten. Erstaunlich, daß er alles mit heiterer Miene hinnahm. Bestimmt war auch Lebenslüge dabei, na ja, bei wem nicht. Polt kraulte Czernohorsky, der sich lautlos, aber gewichtig auf seinen Knien niedergelassen hatte, hinter dem rechten Ohr, schloß die Augen und dachte an ein dicht umwuchertes kleines Preßhaus. »Das wird was werden!« murmelte er.

Am folgenden Morgen ließ sich Polt viel Zeit. Sein Nachtdienst begann erst um sechs. Nach dem Frühstück schlenderte er zur Raiffeisenkasse, hatte dort ein vertrauliches Gespräch mit dem Filialleiter und verließ das Institut mit einem wohlgefüllten Kuvert in der Hand. Sein nächstes Ziel war das kleine Haus von Firmian Halbwidl. Polt klopfte ans Fenster, hörte Geräusche, dann wurde die Hoftür geöffnet.

»Hereinspaziert, Simon!« Polt folgte Firmian in eine altmodische Küche. »Jeder Komfort!« Der Mesner zeigte lachend auf den fleckigen, nassen Verputz. »Sogar Fließwasser – an den Wänden.«

Polt griff ins Kuvert, zog einen blauen Schein heraus und gab ihn dem Mesner. »Recht so? Und vielen Dank für die Vermittlung. Hat schon geklappt!«

Firmian schob den Geldschein in seine Hosentasche. »Na, du hast es aber eilig. Und hoffentlich verdirbt der plötzliche Reichtum nicht meinen Charakter.«

Drei Tage später schaute Polt zum Burgheimer Kirchturm hinauf. Die große Uhr zeigte ein paar Minuten vor neun. Der Gendarm war um zwei große, aus Eisen geschmiedete Schlüssel reicher und um eine runde Summe Geldes ärmer. Hermi Petz und Peter Reiter hatten sich schon verabschiedet, und das war gut so. Polt wollte allein und ungestört sein. Bedächtig fuhr er los.

Oft und oft war er mit dem Fahrrad zur Burgheimer Kellergasse unterwegs gewesen, doch diesmal war alles anders. Er kam nicht als Besucher, sondern als einer, der hier begütert war. Einem Weinbauern mochte dieser Gedanke lächerlich erscheinen. Doch die siebenundfünfzig Quadratmeter, die Simon Polt soeben erworben hatte, bedeuteten, daß er erstmals in seinem Leben Grund und Boden besaß, ein eigenes Dach über dem Kopf und einen eigenen Keller darunter. Sein Vater war gezwungen gewesen, den Bauernhof und die Weingärten zu verkaufen. Der Sohn kaufte. Natürlich war ein Preßhaus kein Wohnhaus und schon gar kein Indiz für satten Wohlstand. Aber Polt war es, als stünde er nunmehr fester auf einem Boden, den er sehr mochte.

Die Burgheimer Kellergasse war eine der längsten im Lande. Polts Preßhaus stand als letztes in der Doppelreihe von Hunderten kleinen, weißgekalkten Gebäuden. Dahinter gab es nur noch ein paar Bäume und weithin offenes, unbebautes Land. Es war ein guter Platz für den Ignaz Reiter gewesen, eigensinnig und verschroben, wie er war, und es würde ein guter Platz für Simon Polt werden.

Auf halber Höhe der Kellergasse sah der Gendarm die Tür des Höllenbauer-Preßhauses offenstehen. Einerseits war er ungeduldig und erwartungsvoll, andererseits wollte er seinem Freund wenigstens grüß Gott sagen und ihn vielleicht auch um Wein bitten, für später.

Ernst Höllenbauer war eben dabei, Flaschen zu verkorken. »Hallo, Simon. Den Großteil erledigt neuerdings die Maschine der Gutsverwaltung in ein paar Stunden. Aber den Meßwein fülle ich noch selbst ab, soviel trinkt der Herr Pfarrer auch wieder nicht. Na, und was ist mit deinem Preßhaus? Alles unter Dach und Fach?«

»Ja. Ein seltsames Gefühl für mich.«

»Du bist ja auch ein seltsamer Weinbauer, ohne Wein.«

»Ein würdiger Nachfolger vom Ignaz Reiter. Die paar Liter, die der zusammengebracht hat, haben wohl nicht einmal für den eigenen Durst gereicht.«

»Und jetzt geht es ans Einweihen? Ich kann leider nicht mitkommen. Die Arbeit drängt.«

»Wär mir auch gar nicht recht. Ich will mich erst einmal allein umschauen.«

»Schon gut. Möchtest du eine Flasche Wein mitnehmen?«

»Gedankenleser!«

»War nicht sehr schwierig. Wir nehmen besser einen Roten, da hast du weniger Probleme mit der Temperatur. Gehen wir schnell einmal in den Keller, soviel Zeit hab ich gerade noch.«

Unten angekommen ging Ernst Höllenbauer zielstrebig in einen kleinen Seitengang und kam mit einer Flasche zurück, die offensichtlich schon sehr lange hier unten lag. »Hier, ein St. Laurent 1992.« Er hielt ihn vorsichtig gegen das Licht. »Scheint in Ordnung zu sein, der alte Knabe.«

Polt betrachtete die Flasche ehrfürchtig. »Das kann ich nicht annehmen, Ernstl.«

»Klar kannst du. Zieh gleich einmal den Korken heraus, wenn du im Preßhaus bist, damit der Wein Sauerstoff bekommt. Und jetzt geh schön feiern.«

Polt ging, aber er ging sehr langsam, weil er auch die Annäherung genießen wollte, Schritt für Schritt. Die durchwegs respektable Steigung der Kellergasse begann schon flacher zu werden, als er linker Hand vor sich ein weißes Mauerstück und ein mit bemoosten Ziegeln gedecktes Dach sah. Seine Mauer, sein Dach.

Ein verwachsener, kaum erkennbarer Weg zweigte vom Asphaltband ab. Nach wenigen Metern erreichte Polt eine kleine Lichtung. Sein Preßhaus stand vor ihm, Gras wuchs bis zur einzigen kleinen Fensteröffnung hinauf und bis zum Schlüsselloch in der Preßhaustür. Vermutlich war sie irgendwann grüngestrichen gewesen, doch nun hatte sie eine merkwürdig hellblaue Farbe angenommen.

Als Polt näher trat, bemerkte er, daß der Zugang mit großen Steinen gepflastert war. Eine Stirnseite des Gebäudes war mit dem Nachbarpreßhaus verbunden, die andere stand frei, Bäume und Büsche schufen hier einen schattigen, verborgenen Platz, auf dem eine Steinbank stand. Jetzt fiel Polt die Geschichte wieder ein. Vor Jahrzehnten war die Burgheimer Kirche renoviert worden. Ignaz Reiter und sein Freund hatten damals eine der mächtigen, aber schadhaften alten Stufen vom Eingang unter großen Mühen hierhertransportiert.

Polt war viel zu ungeduldig, um die Bank auszuprobieren. Er ging wieder zur Preßhaustür, sperrte das Vorhängeschloß und das Türschloß auf, drückte mit der Schulter gegen das Holz und stand dann im Preßhaus. Es war ihm, als sei er in eine große Zauberkiste geraten. Staub und Spinnweben verbanden eine geheimnisvolle Vielfalt von Bildern und Gegenständen, die sich ihm erst nach und nach erschließen würde. Und dann sah er Ignaz Reiters Hut. So als sei sein Besitzer eben erst gegangen, hing er an einem Nagel, der im Holz der kleinen Weinpresse steckte.

Polt holte die Rotweinflasche, vom Höllenbauern dick in Zeitungspapier eingewickelt, und stellte sie auf einen kleinen, massiv gezimmerten Tisch. In der Lade fand er einen Korkenzieher. Nachdem er die Flasche geöffnet hatte, ging er nach draußen, wo eine steile, mit halb verfaultem Laub bedeckte Stiege zur Kellertür unter der Preßhausmauer führte. Die Tür war unversperrt, der aus Ziegeln gemauerte Bogen darüber gefährlich eingesunken.

Vorsichtig öffnete Polt einen Türflügel, zündete die mitgebrachte Kerze an und stieg mit unsicheren Schritten nach unten. Der Keller war klein, aber sehr tief. Winzige Fässer lagen hier, in zwei Nischen standen Heiligenfiguren, eine davon ohne Kopf. Auf dem Boden sah der Gendarm ein altertümliches Glas liegen. Er hob es auf und wischte es mit dem Taschentuch leidlich sauber, ging nach oben, holte den Wein aus dem Preßhaus, kehrte in den Keller zurück, goß das Glas voll, kostete, nickte und trank es in einem Zug leer.

Polt schaute zur Kellerstiege hin. Ein paar Sonnenstrahlen tasteten nach unten und ließen die Spinnweben leuchten. Dort, wo noch ein wenig Licht die Lößwand erhellte, ritzte er mit dem Daumennagel *Eigen: Simon Polt* in den Löß.

Noch einmal füllte er das Glas, noch einmal trank er.

Dann sah er einen Schatten im hellen Viereck der Kellertür. »Bist du es, Simon?« Polt erkannte die vertraute Stimme Friedrich Kurzbachers.

»Ja.«

»Dann komm schnell. Jemand hat die Pfarrersköchin umgebracht.«

Das Gift der Tollkirsche

Der Gendarm ließ sein Fahrrad stehen und setzte sich zum Kurzbacher ins Auto. Er atmete schwer und wischte sich fahrig über die Augen. »Hab ich richtig gehört? Die Amalie Pröstler tot?«

»Ja. Ich weiß nicht viel. Der Mank, dein Chef, hat mich angerufen, er kennt dein Preßhaus nicht, hat er gemeint, ich soll dich holen.«

»Und was hat er über die Köchin gesagt?«

»Daß sie vergiftet worden ist. Und dich wollen sie dabeihaben, weil du ja neulich beim Pfarrer eingeladen warst und so.«

Die Fahrt zum Pfarrhaus dauerte kaum drei Minuten. Ernst Holzer stand vor der Tür. »Grüß dich, Simon. Sie liegt in ihrem Zimmer im ersten Stock. Geh einfach den Stimmen nach.«

Als der Dienststellenleiter, in der offenen Tür stehend, Simon Polt bemerkte, ging er ihm ein paar Schritte entgegen. Er schnupperte. »Bist du betrunken, Simon?«

»Nein. Jetzt nicht mehr.«

»Also gut. Dr. Eichhorn sagt, daß Atropin im Spiel ist oder etwas in der Art. Und ich glaube kaum, daß die Frau Pröstler selbstmordgefährdet war.«

»Ich auch nicht. Sie ist zwar letzte Woche fürchterlich erschrocken, als sie unvermutet Heinz Hafner gegenüberstand, aber der Pfarrer meint, es wäre alles halb so schlimm gewesen.«

»Erzähl mir später Genaueres, Simon. Ich habe schon mit Landesgendarmerieinspektor Kratky telefoniert. Die

Tatortgruppe aus Wien wird bald dasein. Hast du eine Ahnung, wie dieser Hafner zur Amalie gestanden ist?«

»Nein. Nur Sonntag abend, als ich ihn bei Frau Hahn getroffen habe, hat er gesagt, daß ich bitte auf seine kleine Pfarrersköchin aufpassen soll.«

»Wenn er wirklich Angst um sie hatte, war das offenbar mehr als berechtigt. Der Pfarrer hat sich mit seiner Köchin gut vertragen?«

»Sehr gut, würde ich meinen.«

»Und der Halbwidl?«

»Hat sie hoffnungsvoll angebetet.«

»Willst du einen Blick hineinwerfen, Simon?«

»Von wollen ist keine Rede.«

Amalie Pröstler lag in einem schönen altmodischen Bett auf dem Rücken. Als Polt näher trat, sah er, daß ihre Gesichtszüge verzerrt waren und die Pupillen unnatürlich groß. Harald Mank war ihm gefolgt. »Der Mesner hat sie gefunden, als ihn der Pfarrer nach ihr geschickt hat. Sie ist verkrümmt auf dem Boden gelegen. Muß vor ihrem Tod gewütet haben wie eine Besessene. Nach seiner Aussage hat der Firmian versucht, Erste Hilfe zu leisten. Er war ja einmal beim Roten Kreuz. Dann hat er sie aufs Bett gelegt.«

»Und der Pfarrer?«

»Ich habe erst kurz mit ihm geredet. Er wirkt fassungslos und sehr traurig. Aber erst der Firmian! Am Telefon hat er geschrien, als ginge es ihm selbst ans Leben. Bei unserer Ankunft sind ihm die Tränen übers Gesicht geronnen, und jetzt sitzt er totenblaß und zitternd im Nebenzimmer. Dr. Eichhorn ist bei ihm.«

Polt schaute sich um. Eine Tischdecke, Scherben und Blumen lagen auf dem Boden. Die Einrichtung des Raumes war so, wie man es in einem alten Pfarrhaus erwartete. Nur ein modernes und bis zum letzten Platz gefülltes Bücherregal fiel auf. »Darf ich?« Neugierig ging Polt darauf zu, nahm Bände zur Hand und blätterte darin. Viele davon waren Kochbücher, andere Romane. Namen wie Lilly Brett, Rex Stout, Kurt Lanthaler, Leon de Winter oder Paulo Coelho sagten ihm nicht viel. Doch dann stieß er auf ein Buch von Hermann Hesse, *Die Antwort bist du selbst* war der Titel. Polt schlug es auf und sah eine Widmung in schöner, akkurater Schrift: *Zum Nachdenken. Für einen allerliebst verdrehten Kopf. Franz F.*

Mit einem raschen Seitenblick auf Harald Mank stellte Polt das Buch zurück. Dann wandte er sich ihm zu. »Was jetzt?«

»Ruf im Gemeindeamt an, ob die Aufbahrungshalle für eine Obduktion frei ist.«

Noch während Polt in der Pfarrkanzlei telefonierte, hörte er quietschende Autoreifen, dann hastige Schritte. Die arme Amalie, dachte er. Jetzt muß sie zum zweiten Mal sterben.

Kratky schaute mißlaunig in die Runde, während seine Leute an die Arbeit gingen. »Sehr erfreut, meine Herren. Ausnahmsweise bin ich einmal rechtzeitig verständigt worden, und der Richter hat rasch reagiert. Das gibt uns immerhin die Möglichkeit, die Sache professionell anzugehen. Darf ich Ihren Wissensstand erfahren? Gestrafft, bitte, aber in ganzen deutschen Sätzen.«

Harald Mank berichtete. Kratky zog eines seiner stets akkurat gefalteten Taschentücher hervor und wischte sich über die schweißnasse Stirn. »Verdammte Hitze. Aber immer noch besser als in der Stadt. Der Herr Pfarrer und sein Mesner sind also hier im Haus. Und dieser Heinz Hafner, wo ist der?«

Mank schaute zu Polt hinüber, der zuckte mit den Schultern. »Das letzte Mal habe ich ihn vergangenen Sonntag gesehen, am späten Nachmittag.«

»Sehr präzise.« Kratky warf Simon Polt einen raschen Blick zu. »Wo ist eigentlich Ihre Uniform, Herr Kollege?«

»Ich bin heute nicht im Dienst.«

»Verstehe, aber allzeit bereit.«

Mank räusperte sich. »Der Simon, Inspektor Polt meine ich, kennt die Verhältnisse im Pfarrhaus am besten. Deshalb habe ich ihn holen lassen.«

Alle schauten zur Tür, als ein zaghaftes Klopfzeichen ertönte. Heinz Hafner machte einen zögernden Schritt ins Zimmer. Peter Paratschek war mit ihm gekommen, blieb aber ein paar Schritte zurück. Hafner warf einen scheuen Blick auf die Tote und wandte sich ab. »Kann es sein, daß die Herren mit mir sprechen wollen?«

»Warten Sie draußen«, sagte Kratky, »wir kommen.« Er trat auf Simon Polt zu. »Den nehmen wir uns beide vor. Es sei denn, Sie weigern sich, in Ihrer Freizeit zu arbeiten.«

»Das ist jetzt auch schon egal.«

Kratky, Polt, Hafner und Paratschek saßen rund um einen kleinen Besprechungstisch, der in der Pfarrkanzlei stand.

»Bevor ich's vergesse.« Kratky öffnete seine Aktentasche, kramte darin und zog dann ein Buch hervor. »Ihr Gourmetführer für Wien und Niederösterreich, Herr Hafner. Ich habe ihn immer bei mir, wenn ich unterwegs bin. Sehr nützlich. Aber Sie führen eine verdammt spitze Feder. Ein Wunder, daß Sie noch keine gußeiserne Pfanne auf den Hinterkopf bekommen haben. Und vor einem Amaretto mit Blausäure haben Sie gar keine Angst?«

Hafner lächelte dünn.

Kratky schob das Buch über den Tisch. »Jedenfalls hätte ich gerne eine Widmung von Ihnen, geht das? Adolf Kratky mein Name. Mit fremdem i hinten, für den Vornamen kann ich nichts.«

»Wer schon.« Hafner zückte eine dicke Füllfeder und schrieb.

»Warum sind Sie eigentlich hier im Pfarrhof?« fragte Kratky.

»Kraft meiner Beobachtungsgabe und meines messerscharfen Verstandes. Ein Gendarm stand vor der Tür, und ich machte mir ohnedies schon Sorgen wegen Amy.«

»Amy?«

»So wurde die Amalie genannt, als sie noch in Wien gekocht hat, nur in den besten Häusern übrigens. Sie war ein Star, meine Herren, und das schon in jungen Jahren, wirklich erstaunlich. Allerdings ist das über zwanzig Jahre her. Was ist mit ihr geschehen?«

»Sie ist tot, und wir haben die Scherereien. Genaueres wissen wir erst in ein paar Stunden. Wie war übrigens Ihre Beziehung zum Star?«

»Privatsache, Herr Inspektor, ich sagte es schon zu Ihrem Kollegen. Ich war damals noch kein Freßschreiber, sondern ernsthafter Schriftsteller. Soll heißen erfolglos und verschuldet.«

»Und warum haben Sie sich heute Sorgen gemacht?«

»Nicht erst heute. Seit Sonntag, um es genau zu sagen. Ich habe Amy schon vor vielen Jahren aus den Augen verloren und kaum noch an sie gedacht. Doch als ich sie dann wiedersah – was treibt eine begnadete und erfolgreiche Köchin dazu, sich in einem Pfarrhof zu verkriechen? Noch dazu in dieser gottverlassenen Gegend? Da muß etwas Einschneidendes passiert sein in ihrem Leben, etwas, vor dem sie so sehr Angst hat, daß sie sich versteckt.«

Polt schaute auf. »Und dann erschrickt sie fast zu Tode bei Ihrem Anblick.«

»Ihr ist wohl klargeworden, daß ihre Flucht aus der Öffentlichkeit in diesem Augenblick beendet war.«

»Und die anschließende Bemerkung, Herr Hafner? Ich rede von Ihrem angeblich schlechten Charakter.«

»Das war wohl ein Wort zuviel in der Aufregung.« Hafner grübelte. »Ich war einmal richtig gemein zu ihr. Absichtlich. Genügt das fürs erste?«

Inspektor Kratky betrachtete aufmerksam die Widmung im Gourmetführer, klappte das Buch zu und steckte es in die Aktentasche. »Selbstverständlich genügt das, Herr Hafner. Heute drängt die Zeit, aber wir werden noch ausführlicher miteinander zu reden haben.«

Hafner neigte höflich den Kopf. »Der restliche Tag gehört also mir und meinen zweifelhaften Vergnügungen?«

»Ja. Wir danken für Ihre Offenheit.«

»Offenheit? Wenn Sie das so sehen…« Er gab Peter Paratschek einen Wink. »Komm, Burschi! Adieu!«

Kratky wartete, bis er den Motor von Hafners Auto hörte. »Mit diesem Herrn werden wir noch unsere Freude haben, Herr Kollege Polt. Redet viel und verschweigt um so mehr… Sehen wir einander morgen? Ich bin gegen zehn Uhr im Wachzimmer. Dann kennen wir auch schon die Ergebnisse der Obduktion und wissen genauer über den heutigen Vormittag Bescheid.«

Polt nickte. »Ich geh dann, wenn's recht ist.«

»Natürlich. Sie haben ja frei. Ganz im Gegensatz zu uns.«

Vor dem Pfarrhaus stand Friedrich Kurzbacher, der auf Polt gewartet hatte. »Steig ein, ich bring dich zu deinem Preßhaus zurück.«

Am Ziel angekommen, schaute sich Kurzbacher neugierig um. »Dachziegel fehlen, Simon, die Kellertür kannst wegschmeißen, und der Türstock ist auch verfault. Den läßt du am besten mit Ziegeln aufmauern. Macht dir der Schuster, der ist Gemeindearbeiter in Burgheim. Na ja, da hast du dir was eingefangen. Aber schöne Nußbäume sind das, immerhin.« Dann bemerkte Kurzbacher die Steinbank und nahm gleich einmal Platz. »Richtig kühl hier! Da wird er im Sommer oft gesessen sein, der alte Ignaz.«

Polt schaute seinen Freund nachdenklich an. »Die Amalie Pröstler war für mich nur eine wunderbare Köchin. Hast du mehr über sie gewußt, Friedrich?«

»Eine Zeitlang ist viel geredet worden.«

»Was denn?«

»Allerhand. Wie das eben so ist, wenn jemand neu in die Gegend kommt und noch dazu ins Pfarrhaus.«

»Und später?«

»Nichts mehr. Alles ruhig. Gehört sich auch so.«

»Ein Tod wie aus einem Heimatroman!« Landesgendarmerie-Inspektor Kratky klopfte befriedigt auf einen dikken Stapel von Papieren. »Wein und Tollkirschen. Wächst so etwas in diesem gesegneten Landstrich?«

Mank wandte sich hilfesuchend zum Kollegen. »Weiß nicht. Aber gut möglich. Ich werde mich erkundigen.«

»Tun Sie das. Jaja. Mutter Natur ist doch die beste Hexenküche. Atropin, Hyoszyamin, Skopolamin und noch ein paar Nebenalkaloide… das reicht für den Exitus. Der Tollkirschensaft war mit Wein vermischt. Wir haben eine fast leere Flasche ohne Etikett im Zimmer der Köchin unter dem Bett gefunden. Ein alter Cabernet Sauvignon, neu verkorkt. Der Pfarrer hat uns schon im ersten Gespräch erzählt, daß eine entsprechende Flasche in seinem Weinschrank fehlt. Die Fingerabdrücke werden uns kaum weiterbringen. Die ganz blöden Mörder gibt's kaum noch. Der restliche Weinvorrat im Pfarrhaus wurde von uns mitgenommen und untersucht. Keine Spur von Gift. Die bedauernswerte Frau Pröstler hat jedenfalls mehr als einen kräftigen Schluck getan, schon früh am Morgen übrigens. Trotzdem hätte man ihr helfen können, das Zeug wirkt ja erst nach ein paar Stunden so richtig. Doch angeblich war Donnerstag ihr wöchentlicher Einkaufstag. Da hat sie vormittags niemandem gefehlt.«

»Das stimmt schon mit dem Donnerstag«, bestätigte Polt, »da ist Wochenmarkt in Breitenfeld. Und wenn der Cabernet Sauvignon ein Jahrgang 1979 vom Höllenbauern war, hat ihn der Pfarrer noch fünf Jahre liegenlassen wollen.«

»Tja. Wie das Leben so spielt. Sie werden mit dem geistlichen Herrn ja darüber reden, nicht wahr, Herr Kollege? Die Köchin war übrigens nicht einkaufen. Vermutlich ist ihr sehr bald nach ihrem morgendlichen Besäufnis übel geworden, und sie hat sich zu sehr geschämt, um Hilfe zu holen. Der Pfarrer hat sie das letzte Mal gesehen, als sie ihm das Frühstück gebracht hat«, ergänzte Mank. »Er sagt, daß die Amalie so wie immer war, er hat allerdings auch nicht besonders auf sie geachtet. Es gab dann viel Arbeit an diesem Vormittag. Erst als es Zeit zum Mittagessen war und die sonst so pünktliche Köchin ausblieb, ist der Pfarrer stutzig geworden und hat den Herrn Halbwidl losgeschickt. Mit dem hat Inspektor Holzer geredet.«

»Ja, so gut es ging. Der arme Kerl war ja wirklich völlig fertig. Einerseits der Schock, als er die tote Amalie vorgefunden hat, und anderseits der Verlust – er muß sie ja wirklich sehr gern gehabt haben. Jedenfalls ist er zum Pfarrer gerannt, und der hat ihm gesagt, daß er sofort Dr. Eichhorn und die Gendarmerie verständigen soll. Der Mesner war übrigens nur zufällig da, um mit dem Pfarrer ein vertrauliches Gespräch zu führen. Privatsache, meint er, kein Zusammenhang, der uns interessieren könnte.«

Kratky räusperte sich ungeduldig. »Sie wissen, was zu tun ist, meine Herren Kollegen? Andernfalls lesen Sie's im Lehrbuch nach. Die Arbeit im Labor geht weiter, und ich werde mich um die Wiener Jugendjahre der teuren Verblichenen kümmern. Außerdem wird sie dort Angehörige haben, die zu verständigen sind. Sie wollten etwas sagen, Kollege Polt?«

»Ja. Nur der Vollständigkeit halber.« Der Gendarm berichtete von den eigenartigen Vorgängen in letzter Zeit.

Kratky schlug mit den Fingerspitzen einen kleinen Trommelwirbel auf die Tischplatte. »Apart! Durch den Verlust seines Gockels war also auch der Pfarrer betroffen! Sollten wir hier vor einer kriminellen Karriere auf dem Lande stehen? Ich meine, mit boshaften Anfängen und fulminant-letalem Ende? Ich meine zwar eher nein, weil Phantasie nur bei der Arbeit stört. Aber nehmen wir erst einmal ruhig an, daß es vielleicht Zusammenhänge geben könnte.« Kratky erhob sich. »Ich sehe mich verstanden. Bis bald.«

Harald Mank begleitete ihn zur Tür, öffnete sie und schloß sie dann mit sanftem Nachdruck. »Da geht er hin, Leute! Und von uns möchte er demnächst wissen, wann und wie das Gift in den Wein gekommen sein könnte, vor allem aber, wer Gelegenheit zur mörderischen Tat hatte. Der Cabernet Sauvignon vom Höllenbauern als Mordwaffe! Na, der wird eine Freude haben. Andererseits: So kommt er wenigstens in die Zeitung. Simon, du kümmerst dich bitte gleich weiter um den Pfarrhof. Und dann hörst du dich auch sonst im Wiesbachtal um, was die arme Amalie betrifft. Alles interessiert uns. Ist ja wirklich seltsam, wie wenig man von einem Menschen weiß, den man fast zwanzig Jahre kennt. Inspektor Holzer und ich erledigen inzwischen die alltägliche Arbeit. Muß ja auch sein, nicht wahr?«

Simon Polt zog einen Telefonapparat zu sich heran und wählte die Nummer des Pfarrhofes.

»Ja? Pfarrer Winter hier!«

»Ich bin's, Simon Polt. Sie werden Ihre Ruhe haben wollen. Aber ich muß trotzdem mit Ihnen reden, möglichst bald.«

»Wir haben beide unsere Pflichten. Willst du gleich jetzt kommen, Simon?«

»Wenn's geht?«

»Freilich. Du findest mich im Wohnzimmer, neben der Pfarrkanzlei.«

Post mortem

Als Polt eintrat, umgab ihn eine fremde Welt: schwere Vorhänge, viele Bücher und dunkel gebeizte, massive Möbel auf dem glänzend gewachsten Holzboden. Der Pfarrer saß in einem schönen, doch schon recht schäbig gewordenen Ohrenstuhl. Auf dem kleinen Tisch neben ihm stand eine Tasse Tee. »Simon Polt! Du bist herzlich willkommen hier, trotz all der Trauer.«

»Danke, Hochwürden. Wie geht's Ihnen denn? Kommen Sie irgendwie über den Tag?«

»Ja, irgendwie. Mit dem Kochen und der Hausarbeit komme ich so einigermaßen zurecht. Und eines Tages wird die Diözese ja auch wieder eine Hilfe für mich finden. Obwohl es immer schwieriger wird. Auch die Kirche muß sparen. Viel härter trifft mich der persönliche Verlust. Die Amalie war ein positiver und heiterer Mensch, auch zur Einsicht gereift in den letzten Jahren.«

»Und vorher?«

»Mein Gott, Simon. Sie war siebenundzwanzig, als sie zu mir gekommen ist. Da nimmt man das Leben noch in vielem leichter. Für eine Pfarrersköchin war sie damals übrigens noch viel zu jung. Da gibt es gewisse Vorschriften, von wegen Versuchung und so. Aber ich habe sie dann doch aufnehmen dürfen.«

»Der Kurzbacher sagt, daß anfangs viel geredet worden ist.«

»Ausgerechnet der Friedrich. Selbst ein ganz schöner Schlawiner gewesen, früher.«

»Hat die Amalie eigentlich je gesagt, warum sie ausgerechnet in einen Pfarrhof wollte, noch dazu auf dem Land?«

»Ja, das hat sie. Allerdings recht allgemein, und sie wollte es vertraulich behandelt wissen. Mich bindet kein Beichtgeheimnis, Simon, aber ich möchte ihr doch diesen Wunsch weiterhin erfüllen. Es ist ohne Belang für deine Arbeit.«

»Heinz Hafner meint, sie hätte sich aus Angst ins Wiesbachtal geflüchtet.«

»Heinz Hafner. Wenn ich diesen Namen nur höre! Ich hätte ihn nie zu mir bitten sollen.«

»Und seine Beziehung zur Amalie?«

»Muß er vor sich und dem Himmel verantworten. Etwas anderes: Hat sich der Verdacht von Dr. Eichhorn inzwischen bestätigt?«

»Ja. Es war ein Gemisch aus Wein und Tollkirschen-saft, das tödlich gewirkt hat.«

Der Pfarrer fuhr zusammen, seine Lippen zitterten. »Was sagst du da? Das Gift war wirklich im Wein?«

»Ja, es dürfte Ihr Geburtstagswein gewesen sein, Herr Pfarrer. Der Cabernet Sauvignon 1979 vom Höllenbau-ern. Schade drum.«

Virgil Winter gab vorerst keine Antwort und schaute ins Leere. Dann legte er langsam die Fingerspitzen auf-einander. »Zu meinem kleinen Weinvorrat hatte die Ama-lie keinen Zugriff, und auch sonst niemand. Nur mit meiner ausdrücklichen Bewilligung. Der guten Ordnung halber, verstehst du?«

»Wer kauft den Wein eigentlich ein?«

»Das erledige ich selbst, Simon. Eine gute Gelegenheit, mit dem Höllenbauern zu reden und ein wenig zu verko-sten. Den letzten Zwölferkarton habe ich gleich nach die-ser fatalen Kellerrunde mit Herrn Hafner geholt, auch um den Höllenbauern etwas aufzurichten. Na, und jetzt ist der Weinschrank ja leergeräumt. Vielleicht könntest du den Höllenbauern bitten, daß er mir ausnahmsweise einen Karton vorbeibringt. Ich will nicht aus dem Haus gehen.«

Polt nickte nachdenklich. »Haben Sie, Herr Pfarrer, eine Vermutung, wie der giftige Saft in den Wein gelangt sein könnte?«

»Nicht wirklich. Der Höllenbauer hätte natürlich leicht so etwas machen können. Grotesker Gedanke! Und für den Firmian Halbwidl gilt wie für die Amalie... wie es für die Amalie gegolten hat: Hände weg von meinem

Wein. Aber du wirst den Kreis der Verdächtigen so weit wie möglich ziehen wollen. Also laß mich nachdenken… Die Frauenrunde hatte am Montag ihr wöchentliches Treffen im Pfarrhaus. Ich habe nur rasch einmal grüß Gott gesagt und das Pfarrleben besprochen. Tut einem Priester ganz gut, manchmal auf lebensnahe Ratschläge aus weiblichem Mund zu hören. Doch weiter. Ich kann nicht ausschließen, daß die Amalie Besuch empfangen hat, ohne daß ich davon wußte. Natürlich beobachte ich nicht jeden, der ins Pfarrhaus kommt, auf Schritt und Tritt. Wenn jemand etwas anstellen will, kann's leicht gelingen. Der Schlüssel zum Weinschrank liegt seit jeher in der rechten oberen Lade meines Schreibtisches in der Pfarrkanzlei. Das wissen vermutlich alle, die mit mir und dem Haus vertraut sind. Aber diese eher symbolische Barriere hat sich in der Vergangenheit stets als ausreichend erwiesen. Der Zorn des Pfarrers hat Gewicht in diesem Hause, Simon! Davon einmal abgesehen: Am einfachsten wäre es aber wohl für mich gewesen, mit dem Wein etwas anzustellen.«

»Und warum sollten Sie so etwas tun?«

»Ja, warum, gute Frage. Ich weiß keine Antwort.«

»Bevor ich's vergesse: Kann ich die Namen und die Adressen der Frauenrunde haben?«

»Wozu soll das gut sein? Aber bitte. Morgen liegt die Liste für dich bereit.«

»Danke. Und dann hätte ich noch gerne mit dem Firmian geredet, Herr Pfarrer. Wie war das übrigens mit ihm und der Amalie wirklich? Entschuldigen Sie, wenn so direkt frage.«

»Er war verrückt nach ihr. In geziemender Unschuld natürlich.«

»Und wissen Sie zufällig, wo ich ihn jetzt finden kann?«

»In seinem Weingarten, in Brunndorf. Jedenfalls hat er mir das gesagt. Er möchte arbeiten, um sich abzulenken, der arme Kerl.«

Tatsächlich sah Simon Polt schon von weitem Firmians uralten Traktor im Weingarten. Der Gendarm war mit dem Fahrrad unterwegs, weil es ohnedies immer zu wenig Streifenwagen gab. Er ließ das Rad am Rand des Weingartens liegen und ging zwischen den Rebstöcken auf Firmian zu. Der Mesner sah ihn, hob müde grüßend die Hand und stellte den Motor ab. Simon Polt berührte einen der grünlackierten Scheinwerfer und zuckte zurück, weil er sich am sonnenheißen Blech beinahe die Finger verbrannt hätte. »Scheiße, nicht wahr, Firmian?«

»Es gibt einen Engel weniger auf der Welt.« Der Mesner schaute Polt aus leeren Augen an. »Wenn ich mich umbringen könnt, wär mir leichter.«

»Da hat aber der Herr Pfarrer was dagegen.«

»Der hat mir nichts zu sagen. Aber der da oben, wenn's ihn gibt.«

»Einmal abgesehen von diesem Heinz Hafner, kennst du sonst noch irgend jemand, der mit der Amalie, sagen wir, übers Kreuz war?«

»Na, der Pfarrer war manchmal grantig. Hat eben gemeint, daß sie vierundzwanzig Stunden am Tag für ihn dasein soll. Aber das war nie so ernstgemeint. Und dann war da noch was zwischen den beiden, irgendein Geheimnis, über das eisern geschwiegen worden ist. Seit zwanzig Jahren schuftet sie sich für einen Hungerlohn ab. Nie hat sie auch nur den Versuch gemacht, etwas Neues zu finden. Mit welchem Schnürl hat sie der Pfarrer angebunden, Simon? Aber mich geht das ja nichts an.«

»Firmian, du hast vor ein paar Tagen gesagt, daß deiner Meinung nach ein Plan hinter dem steht, was in der letzten Zeit hier passiert ist. Das dicke Ende kommt noch, hast du gesagt. Glaubst, war es das gestern?«

»Da müßt ich schon der Mörder sein, um das zu wissen. Aber logisch ist das nicht. Diese Bosheitsakte – da reagiert sich doch jemand seine Wut auf alle möglichen Arten ab oder so.«

»Und das tote Reh?«

»Na, ist die Jägerschaft nicht auch was, worüber man sich ärgern könnte?«

»Meinetwegen. Und die Amalie, meinst du, haben alle gemocht. Es hat keinen Grund gegeben, ihr etwas anzutun.«

»Eines sag ich dir, Simon: Wenn mein verpfuschtes Leben noch einen Zweck haben soll, dann muß gesühnt werden, was gestern passiert ist, egal, wen es trifft.«

»Du willst mir also bei der Arbeit helfen?«

»Kannst es auch so verstehen, ja.«

»Aber wie die Amalie zur Flasche mit dem vergifteten Wein gekommen sein könnte, kannst du mir nicht sagen?«

»Nein. Und ich wüßte verdammt gern, was da geschehen ist.«

»Noch was, Firmian: Wenn du selber Hilfe brauchst, weil dir der Himmel auf den Kopf fällt oder so, jederzeit, klar?«

Wortlos wandte sich der Mesner ab. Polt ging, und weil Bruno Bartls Weingartenhütte ganz in der Nähe war, wollte er auch dort Nachschau halten. Die Hütte war offen und leer, doch dahinter, im Weingarten, stand eine Badewanne. Zu Polts Erstaunen saß der Bartl drin und wusch sich.

»Grüß dich, Bruno! Das war aber sonst nicht so der Brauch bei dir. Höchstens einmal, wenn der Regen die Wanne gefüllt hat. Wo hast du denn diesmal das Wasser her?«

»Vom Brunnen. Ich weiß einen, der noch funktioniert. Und in der Kirche muß man gewaschen sein, Herr Inspektor Polt!«

»Du willst in die Kirche gehen?«

»Ja. Wenn der hochwürdige Herr Pfarrer am Sonntag die hochheilige Messe liest.«

»Aber du warst doch nie in der Kirche, die letzten Jahre.«

Bartl gab keine Antwort und schaute stumm in den Weingarten.

»Bruno, weißt du übrigens schon, daß die Amalie Pröstler tot ist?«

Bartl nickte.

»Und hat das vielleicht mit deinem Kirchgang zu tun?«

»Mein ist die Rache, spricht der Herr«, sagte Bartl.

Kreuz und quer

Simon Polt war unruhig. Er empfand es schlichtweg als Zumutung, daß ihn seine bisher recht brauchbaren Erfahrungen als Gendarm diesmal nur verwirrten. Da gab es einen Bruno Bartl, der keiner Fliege etwas zuleide tat. Und dann kauft sich dieser harmlose Mensch ein spitzes Messer und ergeht sich in düsteren Andeutungen. Im Pfarrhof war die Welt für Simon Polt immer in gottgefälliger Ordnung gewesen. Und jetzt? Vergifteter Wein, eine tote Pfarrersköchin, deren Leben zuvor schier unlöslich mit dem des Pfarrers verbunden war. Und dann noch ihre seltsame Beziehung zu Heinz Hafner.

Nur das widersprüchliche Wesen von Grete Hahn, immer wieder für Überraschungen gut, gab Polt keine neuen Rätsel auf.

Mürrisch und ohne sich viel dabei zu denken, folgte er einem Güterweg, der nach Brunndorf führte. Immerhin ging es auf Mittag zu, und da war es ja möglich, daß Heinz Hafner im Haus Grete Hahns um die Kochtöpfe strich.

Sie war allein. »Inspektor Polt! Kommen Sie mir zuliebe oder wegen meines zeitweiligen Mitbewohners?« Sie trug Jeans und ein hellblaues T-Shirt.

»Wissen Sie, wo Heinz Hafner ist, Frau Hahn?«

»Ich weiß, wo er nicht mehr ist.« Sie lachte. »Der ist abgereist. Grete, mein gefallener Engel, hat er gesagt, für mich ist es derzeit überall schöner als im Wiesbachtal. Adieu.«

»Zum Teufel mit ihm! Darf ich telefonieren?« Grete Hahn nickte, und Polt griff zum Apparat.

»Ja? Franz Greisinger hier.«

»Ich bin's, Simon Polt. Sag einmal, wohnt der Heinz Hafner noch bei dir?«

»Warum nicht? Aber ich schau schnell in seinem Zimmer nach. Bleib am Apparat, Simon.«

Bald darauf war die Stimme des Wirtes wieder zu hören, noch ein wenig außer Atem. »Der ist weg. Nur ein Scheck liegt auf dem Tisch. Übrigens doppelt so hoch wie der Zimmerpreis.«

»Wie schön für dich, Franz. Danke!«

Polt wandte sich an Frau Hahn. »Und Sie?«

»Ich? Um ein paar sexuelle Erfahrungen reicher und wieder zu haben, mein Lieber!«

»Sie nehmen das ziemlich locker, wie?«

Frau Hahn wandte sich mit einer heftigen Bewegung ab. »Nein«, sagte sie zur Wand. »Nein, ich nehme das ganz und gar nicht locker. Und jetzt gehen Sie besser, Herr Gendarm, aber schnell!«

Polt machte sich unverzüglich auf den Weg ins Wachzimmer, wo er Harald Mank berichtete. Dieser entschloß sich angesichts der Hitze zu einem reduzierten Wutausbruch und ließ die rechte Hand schwer auf den Schreibtisch fallen. »Weg, sagst du? Der Kratky wird sich freuen. Ich versuch gleich einmal, ihn zu erreichen.« Mank hatte Erfolg.

»Kratky.«

»Ein Glück, daß Sie im Büro sind, Herr Landesgendarmerie-Inspektor! Heinz Hafner ist abgereist, ziemlich überstürzt. Wir haben mehr oder weniger durch Zufall rasch davon erfahren.«

»Euer Stil, was Ermittlungen betrifft, wie? Ich werde in seiner Redaktion nachfragen lassen. Übrigens habe ich in letzter Zeit sehr gut gegessen.«

»Hat das womöglich mit unserer Pfarrersköchin zu tun?«

»Brillant und präzise gedacht, Herr Kollege, oder gut geraten. Also: Vor etwa zwanzig Jahren hat Amalie Pröstler für das *Schwarze Kameel* gekocht. Ein traditionsreicher und sehr stilvoller Feinschmeckertreff in der Wiener Innenstadt. Man weiß dort nur Gutes über sie zu berichten. Sie hat dann aber gekündigt, unter Umständen, an die man sich nicht mehr erinnert oder nicht mehr erinnern will.«

»Und Heinz Hafner? War der dort auch bekannt?«

»Ja. Einer der Stammgäste. Und ein abgewiesener Verehrer der vielgeliebten Köchin. Jedenfalls ist mehr an der Sache dran. Die junge Amy Pröstler, wie sie von allen genannt wurde, hat damals nämlich bald darauf ihre Karriere hingeschmissen. Und die Mietwohnung in Wien gekündigt. Wann ist sie im Wiesbachtal aufgetaucht?«

»Läßt sich genau feststellen. Aber zwanzig Jahre könnten so ungefähr hinkommen.«

»Sehr schön und exakt auf den Punkt gebracht, wie immer. Jedenfalls macht das eine kulinarische Vertiefung meiner Recherchen notwendig. Sie hören von mir, Herr Kollege.«

Mank legte den Hörer aufs Telefon und wischte sich die schweißnasse Hand an der Hose ab. »Da sieht man wieder einmal, Simon, wie segensreich sich gutes Essen auswirkt. Der Kratky war ja fast schon sanftmütig.«

»Recht so. Macht uns das Leben leichter. Bevor ich's

vergesse, Harald, Sonntag vormittag muß ich in die Kirche. Dienstlich.«

»Den Pfarrer verhaften, oder wie?«

»Mal nicht den Teufel an die Wand! Nein, natürlich nicht. Der Bartl dreht durch, was weiß ich, warum.«

»Kaum zu glauben. Vielleicht tut ihm die Hitze nicht gut? Bei dieser Gelegenheit: Vergiß nicht, Simon, daß wir uns auch um die sogenannten Kleinigkeiten kümmern müssen. Vom gestohlenen Pfarrershahn bis zum gemeuchelten Reh.«

»Ich denke dran. Es gibt übrigens auch einen, der irgend etwas darüber weiß – Franz Fürst. Nur war er ziemlich verstockt neulich. Aber inzwischen ist ja allerhand passiert. Vielleicht denkt er jetzt anders. Ich könnte es noch einmal versuchen mit ihm, heute nachmittag, recht so?«

»Jaja.« Harald Mank war nicht bei der Sache, weil er ein Jausenpaket öffnete, das ihm seine Frau mitgegeben hatte. »Ist sie nicht lieb, meine Angetraute?« Er hielt eine grünlich-braune Kugel hoch. »Sogar eine Beschreibung liegt bei: Kichererbsen-Dinkel-Bällchen! Und was da noch alles drin ist! Bertram gegen Verschleimung, Galgant zur Stärkung des Herzens und der Potenz, Kreuzkümmel gegen Käseunverträglichkeit und Muskat gegen Unbegabtheit und Trübsinn. Magst kosten, Simon? Könnte auch dir nicht schaden.«

Polt lehnte dankend ab, und sein Vorgesetzter legte das wundertätige Nahrungsmittel mit spitzen Fingern in die geöffnete Schreibtischlade zurück.

Als der Gendarm den Kirchenwirt erreichte, verspürte er plötzlich Hunger. Er lehnte sein Fahrrad neben die Eingangstür und trat ein. »Grüß dich, Franzgreis. Was Kleines, Schnelles, wenn's geht.«

Der Wirt griff ungefragt zum Zapfhahn. »Darf's eine Haussulz sein, mit Essig, Öl und viel Zwiebel? Oder siehst du heute noch die Karin?«

»Glaub ich eher nicht.«

Ein gute halbe Stunde später war der Gendarm wieder unterwegs. Das Essen und das Bier hatten ihn müde gemacht, und es kam ihm so vor, als dauerte dieser Tag schon viel zu lange. Polt mochte den Sommer, und die Hitze gehörte eben dazu. Aber der seit Wochen unerbittlich blaue Himmel fing an, ihn zu ärgern. Der sonst dunkle Boden zwischen den Rebstöcken war grau, das Grün der Blätter wirkte stumpf, und die Wiesen waren braun. Immerhin hatten sich heute im Süden ein paar Wolken ins Blau geschoben, und leichter Wind war aufgekommen.

Das mit zufällig wirkenden Anbauten versehene Preßhaus, in dem man Franz Fürst wohnen ließ, war dicht von Bäumen und Büschen umwachsen, bewegte Blätter strichen mit leisem Geräusch über die Dachziegel.

Die Wiese, auf der Franz Fürst gelegen war, als ihn Polt das erste Mal besucht hatte, war diesmal leer.

Der Gendarm betrat einen roh gezimmerten Vorbau an der Preßhausmauer. An den Wänden waren viele Fotos zu sehen. Franz Fürst mit Lehrerkollegen, umringt von Schulkindern, die ihn bewundernd anschauten, oder Franz Fürst, der sich mit einem riesigen schwarzen Hund um einen Holzstock balgte. Polt sah die Prüfungszeugnisse des Lehrers, Dankschreiben von Eltern und Vorgesetzten, es gab Fotos, die ihn am Fußballplatz zeigten, auf Berggipfeln oder als offenbar begabten Turmspringer im Schwimmbad. Bilder, auf denen er mit Frauen zu sehen war, gab es natürlich auch. Polt stutzte: Bei einer davon, sie umarmte den Lehrer von hinten und hielt ihm die Augen zu, war es durchaus vorstellbar, daß sie Amalie Pröstler in jungen Jahren war.

Der Gendarm ging weiter, ins eigentliche Preßhaus. Es war recht dunkel hier, und er ließ den Strahl seiner Taschenlampe umherwandern. Erinnerungsstücke noch und noch, Sperrmüll dazwischen, Bücher und eine altmodische Schreibmaschine. »Herr Fürst!« Keine Antwort. Eine Holzleiter führte zu einem kleinen Raum, der sich hinter dem Preßhausdach in die Böschung schob. Polt erschrak, als er in einem zerschlissenen Polstersessel ein menschliches Gerippe sitzen sah. Auf den zweiten Blick erkannte er es als kunstvolle Bastelarbeit aus Papier. An der linken Seite des Brustkorbes war ein großes rotes Herz auf die Rippen geklebt, und über dem Schädel hing ein Plastikschwert am sprichwörtlich dünnen Faden. Der Gendarm kletterte nach unten, trat ins Freie und sah neben dem Gebäude eine offene Kellertür.

Als er die nach unten führende Treppe betrat, schlug ihm eine unerwartete und beklemmende Mischung von Gerüchen entgegen. Verfaultes Holz, Kot, Urin, Verwesung. Polt spürte Übelkeit hochsteigen. Doch die Sorge um Franz Fürst verdrängte den Ekel. Rasch ging er nach unten und sah, daß eine Reihe brennender Kerzen den

Keller erhellte. Dann sah er auch Franz Fürst. Er kauerte in einer Nische im Löß auf einem Haufen Fetzen und zitterte. »Herr Fürst!« Polt trat näher, berührte ihn an der Schulter. Der Lehrer zuckte zusammen, schaute hoch und erkannte den Gendarm. »Die helfende Hand des Gesetzes? Oder die strafende?«

»Die Hand vom Simon Polt. Und jetzt sagen Sie einmal, warum stinkt es denn hier so erbärmlich, entschuldigen schon!«

»Ich gebe seit Tagen das Schauerstück vom lebendig Begrabenen. Weiß schon gar nicht mehr, wie das Tageslicht aussieht. Meine Notdurft verrichte ich hier unten. Und dann ist da noch die Elsa.«

»Elsa?«

Die Behausung des Franz Fürst

Fürst zeigte auf ein schwarzes Etwas, das Polt im Halbdunkel übersehen hatte. Eine tote Krähe hing an einem Stück Spagat.

»Als sie noch gelebt hat, war die Elsa eine Freundin von mir. Und jetzt gehen wir eben gemeinsam den Weg alles Vergänglichen.«

»Sie werden sich den Tod holen, hier unten.«

»Oder der Tod holt mich. Aber das dauert. Ich bin zäh, wissen Sie? Immer sportlich gewesen.«

»Kann ich Sie dazu überreden, mit mir nach oben zu gehen? Bitte, Herr Fürst!«

»Das war hinterhältig.«

»Warum?«

»Ich hab noch nie nein sagen können.«

Donner und Blitz

Franz Fürst hielt die Hand vor die Augen, als er zögernd ans Tageslicht trat. »Der Himmel zürnt. Spüren Sie nichts?«

Tatsächlich hatte der Wind aufgefrischt. Polt schaute nach oben und sah blaugraue Wolken, die den Himmel fast völlig bedeckten. Schon fielen die ersten Tropfen. »Na endlich! Die Natur kann's brauchen.«

»So ein Gewitter bringt leider nicht viel, Herr Polt. Das meiste Wasser bleibt an der Oberfläche, und die Menschen haben in ihrer begnadeten Dummheit dafür gesorgt, daß das kostbare Naß so rasch wie möglich abfließt. Bei den Alten ging es um jeden Tropfen. Doch ihren Nachfahren ist es gelungen, das Land so lange trokkenzulegen, bis es wirklich trocken war, wüstentrocken. Heute weiß man es wieder besser, aber es ist schon fast zu spät. Kommen Sie ins Preßhaus, Inspektor, da ist das Dach noch so halbwegs in Ordnung.«

Franz Fürst ging voran, suchte nach Zündhölzern und Kerzen, fand beides. »Einen Augenblick Geduld. Ich muß mein Alter ego retten, mein anderes Ich.« Der Lehrer kletterte nach oben und kam mit dem Gerippe wieder. »Das Damoklesschwert kann bleiben, wetterfest, wie es ist.«

Simon Polt ging zur offenen Tür des Bretterverschlages, um nach dem Wetter zu sehen. Es regnete heftig, wütende Windstöße jagten das Wasser in Schwaden über die Rebstöcke.

Franz Fürst war neben ihn getreten. »Der Himmel gibt der Erde einen nassen Kuß. Nette Metapher für Regen. Hab ich irgendwo gelesen. Das hier schaut mir aber eher nach Vergewaltigung aus. In spätestens zwanzig Minuten wird der Hohlweg vor der Tür ein reißender Wildbach sein. Gehen wir besser in mein trautes Heim.«

Im Preßhaus saßen der Lehrer und der Gendarm einander gegenüber. Lange war nur das Rauschen des Regens zu hören. Dann gab sich Franz Fürst einen Ruck. »Sie werden wissen wollen, was ich von den Lausbübereien, über die wir schon geredet haben, neuerdings halte?«

»Ja.«

»Ich bin ratlos, wirklich. Am liebsten würde ich Sie jetzt mit einer schlauen Lüge ruhigstellen, Herr Gendarm.« In diesem Augenblick erhellte der Widerschein eines Blitzes die Türöffnung, und Sekunden später folgte ein gewaltiger Donnerschlag.

Franz Fürst lachte. »War vielleicht doch keine gut

Idee, das mit der Lüge. Dann also eben die Wahrheit, oder ein Stück davon. Die Sache mit dem gestohlenen Hahn des Pfarrers habe ich erst durch die Karin Walter erfahren. Was die anrüchige Verzierung des Gemeindeamtes und das Feuer im Zeughaus angeht, weiß ich allerdings, wer es war. Bin ja oft genug nachts unterwegs gewesen, in den letzten Wochen.«

»Und?«

»Nichts *und*. Das tote Reh war ein arger Schock für mich, und Amalie Pröstlers groteskes Ende hat mir wohl für immer den Boden unter den Füßen weggezogen.«

Polt stand auf und holte das Foto, das ihm vorhin aufgefallen war. »Ist sie das?«

»Ja. Vor tausendundeiner Ewigkeit. Ich versuche es mit einem Gedankenspiel, Inspektor, damit Sie verstehen. Nehmen wir einmal an, ich wäre der Fäkalanarchist und der nonkonformistische Zündler gewesen.«

Der Gendarm schaute überrascht auf. »Ziemlich viele Fremdwörter, nicht wahr?«

»Sie verstehen mich schon. Die beiden Untaten passen doch recht gut zu mir. Antiautoritär war ich auch schon in meiner gut frisierten Zeit. Daran konnten Anzug und Krawatte nichts ändern. Mein Hinausschmiß aus der Schule könnte die latente Abneigung gegen dörfliche Institutionen dann zum Haß gesteigert haben.«

»Und warum sind Sie dann nicht auf die Schule losgegangen?«

»Weil sie immer noch ein Stück von mir ist. Das kann ich aber weder vom Gemeindeamt noch von der Feuerwehr behaupten. Außerdem enthemmt Alkohol, und daß ich für ziemlich weitgehende Scherze schon immer Sinn hatte, werden Ihnen meine ehemaligen Kolleginnen und Kollegen bestätigen.«

»Ich glaub es auch so. Aber worauf wollen Sie hinaus?«

»Kommt schon noch. Erst einmal biete ich Ihnen ein überzeugendes Indiz an, Herr Gendarm.« Fürst kramte in einer Schachtel und überreichte seinem Gegenüber dann ein schmales Heft.

»Da schau her!« Polt starrte verblüfft auf die vertraute Zeichnung eines Federhutes. Im Gegensatz zu den Skizzen, die er bisher gesehen hatte, war diese allerdings durch ein seltsames Wort ergänzt: Revolit.

Der Lehrer nahm Polt die kleine Broschüre aus der Hand. »Ich will Ihnen das Heft nicht geben, Herr Inspektor. Es ist wahrscheinlich das letzte Exemplar, und es war einmal sehr wichtig für mich. Nur soviel: Revolit steht für Rücksicht, Ehrlichkeit, Vertrauen, Opfer, Liebe, Initiative und Treue. Wir Lehrer haben dieses Wort damals als radikalen Aufruf dafür verstanden, stärker zu werden und andere stärker zu machen. Negativ betrachtet war unser Feindbild das konservative und autoritäre System.«

»Das ist lange her, wie?«

»Sehr lange. Unsere Ideale von damals habe ich versoffen und verraten. Nur von der boshaften Verrücktheit ist noch etwas da. Also noch einmal: Angenommen, ich wäre der Missetäter. Paßt es dann auch zu mir, ein Reh in der Falle verenden zu lassen und die Pfarrersköchin in einen stundenlangen Todeskampf zu schicken?«

»Nach allem, was ich weiß, nein.«

»Sehen Sie, Inspektor, das ist der Punkt. Wer auch immer gegen Gemeinde, Feuerwehr und Pfarrer aufgemuckt hat – ich kann mir nicht vorstellen, daß zu den beiden tödlichen Verbrechen eine Verbindung besteht. Und darum darf ich Ihnen nicht verraten, was ich weiß.«

»Und die Zeichnung des Hutes an den Tatorten?«

»Stammt natürlich von mir. Ich habe mich nachträglich mit der Aggression des Täters oder der Täterin solidarisch erklärt.«

»Sie machen es mir nicht gerade leicht, Herr Fürst. Etwas anderes. Sie haben doch auch Botanik unterrichtet. Wissen Sie, ob bei uns hier im Wiesbachtal Tollkirschen wachsen?«

»Und ob ich das weiß! Ich kann Ihnen sogar eine Stelle zeigen. Die Atropa Belladonna mag es sonnig, außerdem bevorzugt sie Kalkböden. Auf dem Grünberg gibt es einen ehemaligen Steinbruch. Ich war oft mit Schulkindern dort. In den Granit mischen sich Ablagerungen von Rotalgenkalk. Das Gebiet lag also vor etwa zwanzig Millionen Jahren dicht unter dem Wasserspiegel.«

»Wieder was dazugelernt. – Mir scheint, es hat aufgehört zu regnen.«

Die beiden traten ins Freie. Der nasse Boden dampfte, die Luft roch frisch. Franz Fürst atmete tief ein. »Schön ist es jetzt hier. Einfach schön.«

»Sie gehen also nicht unter die Erde zurück?«

»Nein. Ich werde mich sogar nach Möglichkeit in einen gesellschaftsfähigen Menschen verwandeln.«

»Warum denn das?«

»Für den Kirchgang, am Sonntag.«

»Sie?«

»Ja, ich. Möchte doch zu gerne hören, was mein ganz spezieller Freund, der Herr Pfarrer, zu predigen hat.«

Polt neigte bedenklich den Kopf, sagte aber nichts, hob grüßend die Hand und schob sein Fahrrad neben sich her, bis er die asphaltierte Kellergasse von Burgheim erreicht hatte. Dort bemerkte er, daß der grüne Geländewagen von Christian Wolfinger vor Sepp Räuschls Preßhaus stand. Der Gendarm schaute auf seine Armbanduhr. In kaum dreißig Minuten war die Dienstzeit zu Ende. Ganz abgesehen davon sollte er sich ja umhören. Alles interessiert uns, hatte sein Vorgesetzter gesagt. Und nicht zuletzt verspürte Simon Polt heftige Sehnsucht nach einem Keller, der nach Wein und Fässern roch und nicht nach Tod und Verderben.

Die Preßhaustür stand offen, also war es gestattet einzutreten. Obwohl nur wenige Stufen in Sepp Räuschls kleinen Keller führten, war es herrlich kühl hier. Polt sah die zwei Männer an einem winzigen Tisch sitzen, der früher Teil einer Nähmaschine gewesen war. Räuschl hielt einen noch halb gefüllten Weinheber an die rechte Schulter gelehnt und Wolfinger, der Jäger, war am Erzählen. Als die beiden Simon Polt erblickten, füllte der Weinbauer ein drittes Glas. »Was macht der Beruf, Herr Inspektor?«

»Es ist schon besser gelaufen. Dieser Heinz Hafner hat sich abgesetzt. Damit macht er sich natürlich verdächtig. Aber das scheint ihm egal zu sein. Vielleicht rede ich noch mit diesem Paratschek, der kennt ihn ja von früher.«

Wolfinger lehnte sich zurück und verschränkte die

Arme vor der Brust. »Der Paratschek! War Pressefotograf in Wien, behauptet er wenigstens. Als er ins Wiesbachtal gekommen ist, war er gleich einmal in allen Vereinen Mitglied, damit er es überall besser wissen kann. Es hat ihm aber keiner zugehört. Dann ist ihm auch noch seine Frau davon. Jetzt wär er gern mit allen gut Freund, steht überall dabei, trinkt überall mit. Wird ihm aber auch nicht viel helfen. – Was Interessanteres: Als du gekommen bist, Simon, hab ich grad von den Wilderern früher erzählt. Schlaue Burschen gewesen, damals. Und aus Bosheit haben sie es auch nicht getan. Bei einem kleinen Bauern mit einem Haufen Kinder im Haus ist kaum einer satt geworden. Mein Vater hat mir von einem erzählt, der abends immer seine Weintraubenbutte mit der Öffnung nach unten heimgetragen hat – wie man das eben tut, wenn die Arbeit vorbei ist. Innen aber sind die toten Hasen gehangen, durch die Löffel angenagelt. Das ist so lange gutgegangen, bis mein Vater hinter dem Burschen eine feine Schweißspur, also Blut, entdeckt hat.«

Sepp Räuschl beugte sich verschwörerisch vor. »Ein Stück weiter oben in der Kellergasse haben früher ein Jäger und ein Wilderer ihre Preßhäuser nebeneinander gehabt. In der gemeinsamen Mauer war sogar eine Verbindungsluke. Einmal war sich der Jäger ganz sicher, daß sein Nachbar gewilderte Hasen im Preßhaus liegen hat. Wütend klopft er an die verschlossene Tür, es wird ihm aufgemacht, aber nichts ist zu finden, rein gar nichts.«

Polt nahm vergnügt einen Schluck vom Veltliner. »Und des Rätsels Lösung?«

»Ganz einfach. Während der Suche waren die Hasen

in einem Sack an der anderen Mauerseite, im Jägerpreßhaus. Praktisch, so ein Loch, nicht wahr?«

Wolfinger hob anerkennend sein kleines Kostglas und trank es dann mit einem Schluck leer. »Nicht schlecht, alle Achtung! Aber heute schaut's anders aus. Wenn ich an dieses tote Reh am Grünberg denke, kommt mir noch immer die Wut hoch. Das war die pure Lust am Töten.«

»Vielleicht ging's aber auch darum, den Jägern irgendwas heimzuzahlen. Fällt dir dazu was ein, Christian?«

»Vielleicht der Herr Paratschek?« Wolfinger lachte boshaft. »Der wartet bis heute vergeblich auf eine Jagdeinladung. Aber im Ernst: Ich sag's nicht gern, Simon. Wenn einer dazu aufgelegt war, uns einen blöden Streich zu spielen, war's der Fürst Franz. Angeblich aus Tierliebe. Und jetzt, wo er sich schön langsam nicht mehr auskennt im Kopf…«

Polts gute Laune war verflogen. »Hast du irgendeinen konkreten Hinweis darauf?«

»Nichts Besonderes. Jedenfalls kennt er den Grünberg gut, weil er dort immer seine Trainingsrunden gelaufen ist. Mit Vorliebe am Abend, wenn wir auf den Anstand gegangen sind. Hat nicht nur einmal Streit gegeben. Da war übrigens was Komisches in den Baum mit der Drahtschlinge geritzt. Kann es nicht deuten. So eine Art Hut.«

»Um Himmels willen«, murmelte Polt. »Revolit.«

Himmelwärts die Herzen

Am folgenden Samstag wachte Simon Polt gegen sieben Uhr auf. Er hätte noch länger geschlafen, wäre da nicht etwas Kühles, Feuchtes an seinem Gesicht gewesen, Czernohorskys hellrosa Nase. »Wer hat dir denn das erlaubt, du haariges Ungeheuer?«

Polt sah, daß die Schlafzimmertür offenstand. Entweder war er gestern abend unaufmerksam gewesen, oder sein vierpfötiger Mitbewohner hatte gelernt, mit der Türschnalle umzugehen. Das Fenster zum Hof war geschlossen, weil die Wetternachrichten im Radio Regen angekündigt hatten. Und es regnete tatsächlich, Polt sah Tropfen auf der Fensterscheibe und dahinter naß glänzendes Grün. »Zeit war's, mein Guter, höchste Zeit.« Er klopfte auf Czernohorskys ausladendes Hinterteil. Dann erhob er sich gähnend und setzte den Kater vor die Tür. »Wir haben getrennte Schlafzimmer, verstanden? Gleich gibt's Frühstück.«

Simon Polt hatte dienstfrei und konnte es langsam angehen lassen. Erst einmal trat er im Schlafrock vor die Tür und genoß die kühle, feuchte Luft. Dann füllte er den Freßnapf seines Katers und begann den Frühstückstisch zu decken. Gottlob gab es noch einen Bäcker in Burgheim, er lieferte sogar ins Haus. Polt roch am Brotlaib, schnitt zwei Scheiben ab und legte goldgelben Käse darauf, der aus Tirol stammte, von einem Weinkunden des Höllenbauern. Dann holte er Brombeermarmelade aus dem Kühlschrank, die ihm Grete Hahn zum Kosten mitgegeben hatte, und stellte Frau Kurzbachers vielgerühmten Holundersaft daneben. Fehlte noch Quittengelee, ein Produkt aus Karin Walters Küche. Ein wenig fest war es geraten, und dazu kam noch eine sehr saure Zitronennote. Böswillige Menschen hätten dieses Nahrungsmittel als ungenießbar bezeichnet. Für Simon Polt war es höchst reizvoll und aufregend eigenwillig.

Nach dem Frühstück hatte er wenig Lust, das Haus zu verlassen, und begnügte sich damit, dem Höllenbauern einen Besuch abzustatten. Den Weg in den vorderen Teil des langgestreckten Hofes konnte er im Trockenen gehen. Hier gab es noch den früher allgemein üblichen Gang unter einer schmalen, von Säulen getragenen Dekke, die »Trettn«.

Die Tür zur geräumigen Küche stand offen. Ernst Höllenbauer saß allein am Tisch und schälte Erdäpfel. »Morgen, Simon. Die Erika ist einkaufen fürs Wochenende, und die Kinder sind in der Schule.«

Polt nahm sich ein Messer und einen Erdapfel, ließ ihn aber hastig fallen. »Wie hältst du denn das aus, Ernstl?«

Der Bauer zeigte seine Hände her. »Die Arbeit, Simon, da kriegst eine dicke Haut. Magst was trinken? Kaffee wär fertig.«

»Gar keine schlechte Idee. Sag einmal: Dein Cabernet Sauvignon und Tollkirschensaft, das muß doch eine abscheuliche Mischung sein, oder?«

»Da bin ich gar nicht so sicher. Als Kind hab ich einmal eine Tollkirsche gekostet. Schmeckt nicht einmal schlecht. An die Folgen kann ich mich allerdings auch noch erinnern, als ob's gestern gewesen wär. Schlucken hab ich nicht mehr können, dann hat's mir den Magen umgedreht,

Krämpfe, Kopfweh, Schwindel, ich hab geglaubt, es ist vorbei mit mir. Gott sei Dank hat sich meine Mutter ausgekannt: Glaubersalz, Kohletabletten und schnell zum Dr. Eichhorn.«

»Und noch was: Hat außer diesem Hafner in letzter Zeit jemand bei dir einen 79er Cabernet Sauvignon eingekauft?«

»Nein. Es sind nur noch wenige Flaschen da, und die sind ganz schön teuer.«

»Und früher?«

»War das natürlich anders. Vor über zehn Jahren, als ihn der Pfarrer noch als Meßwein genommen hat, haben oft auch welche von der Frauenrunde mitbestellt. Die sind ja von allem begeistert, was der hochverehrte Herr Pfarrer gut findet. Wenn ich nachdenke, fallen mir sicher noch ein paar Namen ein. Gut möglich, daß da und dort noch eine Flasche liegt.«

»Wie ist das mit dem Fürst Franzl? Der hat mir neulich erzählt, daß er noch alten Wein im Keller hat.«

»Wundert mich eigentlich, daß sich so was bei ihm hält. Den Cabernet Sauvignon hat er jedenfalls gern gekauft, früher, als er noch getrunken und nicht gesoffen hat.«

»Hast du die Amalie Pröstler näher gekannt?«

»Nein. Als die ins Wiesbachtal gekommen ist, war ich noch in der Hauptschule. Für uns Buben war sie wie eine außerirdische Erscheinung. Damals haben sich die Mädchen im Dorf noch älter gemacht, als sie waren, mit weißen Kleidern und strengen Frisuren. Die Amalie Pröstler aber hat so ausgeschaut wie die Damen im Kino. Und geduftet hat sie! Meine Mutter hat jedenfalls immer gesagt, daß es eine Sünde ist, sich so herzurichten, noch dazu als Pfarrersköchin. ›Der Herr Pfarrer wird schon wissen, was er an ihr hat‹, war meistens die Antwort vom Vater, und dann hat's für eine Weile dicke Luft gegeben zu Hause.«

»Aber es ist still um sie geworden, nicht wahr?«

»Klar, die Zeit. Aber eine ansehnliche Person ist sie geblieben.«

»Und Verehrer gab's wohl immer noch, den Firmian Halbwidl zum Beispiel.«

»Mein Gott, der! Ein gescheiter Kopf und ein netter Kerl, auch wenn er einem auf die Nerven gehen kann mit seiner Besserwisserei. Versteht sogar was vom Wein. Der hätte sich ein anderes Leben verdient. Als die Amalie jung war, soll er übrigens nicht der einzige gewesen sein, der ihr nachgestiegen ist. Ein paar Frauen im Dorf wünschen unsere schöne Pfarrersköchin wahrscheinlich heute noch zum Teufel, obwohl sie's nicht zeigen. Die sind bestimmt nicht traurig darüber, daß es sie nicht mehr gibt.«

Polt legte einen sorgsam geschälten Erdapfel in die Schüssel und stand auf. »Wir sehn uns übrigens morgen in der Kirche!«

»Bist du fromm geworden?«

»Nein. Mißtrauisch.«

Am Sonntag verließ Simon Polt kurz vor zehn seine Dienststelle. Unterwegs zur Kirche wurde er von Aloisia Habesam angesprochen. »Wohin geht's denn, Herr Gendarm? Ins Wirtshaus, wie üblich?«

»Nein. In die Kirche.«

Die stets umfassend informierte Gemischtwarenhändlerin, an sich durch keine noch so haarsträubende Neuigkeit zu erschüttern, war dermaßen überrascht, daß Polt die Gunst des Augenblicks zur Flucht nutzen konnte.

Die Kirche war ziemlich voll. Nur neben Bruno Bartl, bei dem niemand sitzen wollte, fand der Gendarm Platz. Ein paar Reihen weiter hinten erblickte er Franz Fürst. Der ehemalige Lehrer hatte es doch tatsächlich zu einer gewissen Eleganz gebracht. Er war rasiert, seine langen Haare waren gewaschen und gekämmt, er trug eine ordentliche Jacke, und das Hemd darunter war so gut wie weiß. Nur die blaue Blume im Knopfloch kam Polt wie eine bewußte Geschmacklosigkeit vor. Auch Bartl wirkte recht manierlich, hatte aber stark gerötete Augen, und auf seiner Stirn stand Schweiß. Er warf Simon Polt einen ängstlichen Blick zu und schaute dann zu Boden.

An der Sakristeitür wurde die kleine Glocke geläutet. Die Orgel erklang, drei Ministranten und der Pfarrer zogen ein. Als Virgil Winter den Bartl und Franz Fürst unter den Gläubigen sah, glaubte Simon Polt ein kurzes Erschrecken in seinem Gesicht zu erkennen. Oder war es Ärger?

Der Herr sei mit euch.

Und mit deinem Geiste.

Polt schaute auf Bartls Hände. Obwohl sie sich an der Kirchenbank festklammerten, zitterten sie.

Die Lesung, das Evangelium.

Bartl hörte wie verzückt zu, der Mund stand ihm offen, immer wieder schluckte er.

Die Predigt. Pfarrer Winter schaute unsicher umher, dann schloß er kurz die Augen. »In wenigen Tagen wird es hier in Burgheim ein Begräbnis geben. Wir alle wissen, was geschehen ist, wenn auch wohl niemand von uns eine Erklärung dafür findet. Amalie Pröstler hat nicht nur unendlich viel für mich und die Pfarrgemeinde getan, ich habe sie auch als einen Menschen erfahren, der die Kraft zur Läuterung hatte, ohne sich selbst oder anderen, die sie mochte oder liebte, untreu zu werden.«

Bartls Mund war jetzt geschlossen. Er starrte mit unbewegtem Gesicht den Pfarrer an. Verstohlen drehte sich Polt zu Franz Fürst um und erschrak. Nie im Leben hätte er ihm ein dermaßen dreckiges Grinsen zugetraut. Dann stand der Lehrer auf, verneigte sich leicht, klatschte zum Pfarrer hin Beifall und verließ die Kirche.

Alle schauten ihm nach, leise wurde geredet. Der Priester hob besänftigend die Arme. »Lassen wir es gut sein, wir wollen für die arme Verstorbene beten.«

Die Feier des Gottesdienstes nahm ungestört ihren Fortgang.

Als die Kommunion nahte, wollte auch Bartl zum Altar gehen. »Nichts da, mein Lieber.« Simon Polt hielt ihn am Unterarm fest.

Nach der Kommunion klang die Orgel freudig auf, der Kirchenchor sang, die Gemeinde stimmte ein.

Meerstern ich dich grüße!

»Hast du das Messer bei dir?« flüsterte Polt.

Bartl duckte sich.

O Maria, hilf!

Jetzt schaute Bartl Simon Polt stumm ins Gesicht.

Gottesmutter süße! O Maria, hilf!

Bartl schwieg noch immer, aber er weinte lautlos.

O Maria, hilf uns allen aus unserer großen Not!

»Na?«

Bartl nickte.

»Komm jetzt, Bruno, wir gehen!« Polt machte verlegen ein Kreuz, als sie die Kirche verließen.

Draußen wischte sich Bartl mit einem erstaunlich sauberen Taschentuch über die Augen. Nach ein paar Schritten zupfte er Polt am Ärmel. »Aber die Gendarmerie ist doch in der anderen Richtung, Herr Inspektor Polt!«

»Das ist eine sogenannte Privatverhaftung.«

Weil an diesem Sonntagvormittag viele Burgheimer in der Kirche waren und andere schon im Wirtshaus, erreichten die beiden fast ungesehen den Hof des Höllenbauern. In seiner Wohnung angelangt, schob Polt dem Bartl einen Sessel unters Hinterteil, stellte ihm Brot und Selchfleisch hin, goß ein Wasserglas mit Wein voll und ließ die Flasche daneben stehen. »So. Bei Gelegenheit hätte ich gerne dein Messer, Bruno.«

Bartl zog es aus der Innentasche seiner Jacke und legte es auf den Tisch. Es war wirklich ein großes, scharfes und spitzes Messer, die Schneide mit Zeitungspapier umwickelt.

Polt kramte in der Bestecklade, dann hob er sein Fundstück hoch. »Hab ich noch aus meiner Pfadfinderzeit. Löffel, Gabel, Messerchen, Korkenzieher, Bieröffner, Dosenöffner, alles in einem. Tauschen wir?«

Bartl nickte.

»Und jetzt sag einmal: Warum wolltest du auf den armen Pfarrer losgehen?«

Bartls Gesicht zuckte. »Nicht losgehen, Herr Inspektor Polt. Nur gezeigt hätt ich ihm das Messer, damit der sich fürchtet. Weil der hochwürdige Herr Pfarrer doch seinen Engel umgebracht hat.«

Polt atmete auf und erschrak gleichzeitig. »Wie kommst du darauf, Bruno?«

»Weil die Amalie an seinem Wein gestorben ist. Stimmt doch, Herr Inspektor Polt.«

»Dafür kann der Pfarrer nichts. Aber du lügst mich ja sowieso an. Schon als du damals beim Kurzbacher im Preßhaus warst, hast du dich vor deinen finsteren Absichten gefürchtet, stimmt's?«

Bartl nickte.

»Wie war das gleich? Du hast mir doch gesagt, daß du den Heiligen Geist vertreiben mußt, weil er dich sonst aus dem Himmel vertreibt. Und von einem Engel war auch noch die Rede, nicht wahr? Der Engel heißt also Amalie. Und der Heilige Geist hört womöglich auf Virgil Winter?«

Bartl nickte. Dann lächelte er. »Die Amalie und ich, Herr Inspektor Polt, die Amalie und ich!«

»Wie lange schon, Bruno?«

»Schon immer.«

»Der Bruno Bartl? Ein wunschlos verlorenes Kind.« Virgil Winter stand am späten Sonntagnachmittag neben Simon Polt im Garten des Pfarrhofs. Den ganzen Samstag über hatte es geregnet und auch die folgende Nacht. Jetzt war der Himmel wieder blau, aber noch war zu sehen, wie das Naß den Pflanzen gutgetan hatte, die Farben leuchteten frisch.

»Seit ich hier im Wiesbachtal bin, kenne ich den Bartl nicht anders. Es muß in seiner Vergangenheit ein Ereignis gegeben haben, das ihn aus der Bahn geworfen hat. Ich meine fast, er verweigert sich dem wirklichen Leben, spielt einfach nicht mit. Aus Leichtsinn tut er das jedenfalls nicht. Hast du ihn jemals lachen gehört, Simon?«

»Nein. Und wie war das mit ihm und der Amalie Pröstler?«

»Was soll ich sagen. Sie war eine gute Seele, die es nicht übers Herz brachte, jemanden abzuweisen. Aber das ist Vergangenheit, wie so vieles. Ich weiß nicht, wie das weitergehen soll. Heute waren viele Menschen in der Kirche. Aber die meisten sind nur aus Neugier gekommen. An anderen Sonntagen sind die Reihen recht schütter besetzt. Die Gemeinschaft der Menschen verliert sich, Simon. Wer die ganze Woche über auswärts arbeitet, ist hier auch am Sonntag nicht mehr wirklich zu Hause. Und den Pfarrer braucht man fast nur noch, wenn es ums Heiraten geht, ums Taufen oder ums Sterben.«

»Etwas muß ich Sie ja doch noch fragen, Hochwürden. Der vergiftete Wein – Sie haben doch bestimmt über die

Sache nachgedacht. Noch immer keine Idee, wie die Amalie dazu gekommen ist und warum sie so viel davon getrunken hat?«

»Ich sagte schon, Simon, daß ich meinen Weinvorrat versperrt halte. Auch daß die Amalie schon einmal zum Leichtsinn neigen konnte, habe ich erwähnt. Ich bin es leid, mich zu wiederholen.«

»Und es hat früher nie etwas von Ihrem Wein gefehlt?«

»Nein, Simon, nie.« Die gewohnte Sanftmut war aus der Stimme des Pfarrers verschwunden. »Und jetzt bitte ich dich, mich zu entschuldigen. Es gibt noch zu tun heute.«

»Der Bruno Bartl? Ein Mistkäfer.« Aloisia Habesam schob eine Schachtel Schwedenbomben über den Ladentisch. »Wer ißt denn so etwas bei euch?«

»Der Dienststellenleiter.«

»Daß die Männer doch ewig Kinder bleiben müssen. Wie geht es übrigens der Karin Walter?«

»Ich seh sie selten.«

»Weil s' mit dem Fürst Franzl zusammensteckt, hab ich recht? Ein fescher Bursch ist er ja gewesen, früher einmal. Aber die Welt verbessern, Saufen, den Frauen den Kopf verdrehen und sich für die Schulkinder aufopfern, das hält der stärkste Mensch nicht aus. Bei dem ist Hopfen und Malz verloren. Und für die Karin wüßt ich mir was Besseres. Sie wahrscheinlich auch, Herr Polt!«

»Die Karin möchte ihm helfen. Das gehört sich eben.«

»Helfen? Liebend gern, wahrscheinlich.«

»Ach was. Erzählen Sie mir lieber von der Amalie Pröstler. Was war denn die für eine, früher?«

»Die? Eine Flitschn. Hat eben einen merkwürdigen Geschmack gehabt als ein Junger, unser Herr Pfarrer. Was da so manchmal als Damenbesuch aus der Stadt im Pfarrhaus war, schwingt normalerweise das Handtaschl vorm Stundenhotel. Und dann haben sich bei ihm noch junge Männer herumgedrückt, die im Erziehungsheim besser aufgehoben gewesen wären, oder gleich im Gefängnis. Jedenfalls hat dieses aufgeputzte Fräulein Pröstler ganz gut dazugepaßt. Und später hat's dann die Unnahbare gespielt. Bei mir einkaufen? Aber geh! Nach Breitenfeld hat sie fahren müssen.«

»Ja, weil der Wochenmarkt dort natürlich interessant ist, für eine gute Köchin. Und als junge Frau wird sie halt lebenslustig gewesen sein.«

»Die hat mit dem Feuer gespielt und sich nicht nur einmal dabei die Finger verbrannt. Die Männer im Wiesbachtal hat sie am Schnürl gehabt, wie Marionetten.«

»Und die haben mitgespielt?«

»Wie die Narren haben sie sich aufgeführt, und die Frauen haben Gift und Galle gespuckt. Aber irgendwann sind die meisten Mannsbilder doch wieder zur Besinnung gekommen. Im Vertrauen: Kennen Sie die Teufelsbuche, oben am Grünberg, Inspektor?«

»Nein.«

»Da müßten eigentlich noch eine Menge Herzen und Anfangsbuchstaben eingeritzt sein. Wer es geschafft hat, wenigstens einmal das saubere Fräulein Pröstler auszuführen, hat sich dort eingetragen. War wie ein Wettbewerb.«

Frau Habesam schaute zur Tür, weil neue Kundschaft

kam. »Grüß Gott, Herr Kurzbacher! Weil wir grad davor reden. Wie war das denn damals mit der Amalie, so vor zwanzig Jahren?«

»Na, Friedrich?« Polt grinste.

Der Kurzbacher stellte seine braune Einkaufstasche hin. »Ein Viertelkilo Butter krieg ich und ein halbes Schwarzbrot.«

»Auf Wiedersehen also!« Simon Polt ging und ließ sich nichts davon anmerken, daß ihn der Kurzbacher kräftig gegen das Schienbein getreten hatte.

Vor dem Wachzimmer in Burgheim bemerkte der Gendarm ein Dienstauto mit Wiener Kennzeichen. Polt ließ den braunen Papiersack mit der Jause im Vorzimmer zurück und sah Landesgendarmerie-Inspektor Kratky und Harald Mank am Besprechungstisch sitzen.

Kratky sah mürrisch von seinem Notizblock hoch. »Also noch einmal von vorne, damit auch Herr Inspektor Polt im Bilde ist. Wir haben einen ehemaligen Kollegen von Frau Pröstler ausfindig gemacht. Wo er heute kocht, wollen wir diskret außer acht lassen. Ich sage nur: drei Hauben. Jedenfalls hat er vor über zwanzig Jahren im *Schwarzen Kameel* gelernt. Restaurantkritiken in Büchern und Zeitungen waren damals noch nicht üblich. Aber eine Kolumne mit dem Titel *Tafelsilber* hatte meist Essen und Trinken zum Thema. Frau Pröstlers Kochkunst wurde darin nicht nur einmal in geradezu hymnischen Worten gerühmt. Das änderte sich dann aber von einem Tag auf den anderen. Ich habe mir die Seiten aus der Nationalbibliothek besorgen lassen.« Kratky legte die Hand auf einen wohlgefüllten Ordner. »Es folgte über

Wochen hinweg eine gnadenlose Hinrichtung. Die Gäste blieben aus, Frau Pröstler fing in ihrer Panik wirklich an, beim Kochen Fehler zu machen, und überdies begann sie auch noch zu trinken. Sie hat dann freiwillig gekündigt.« Kratky hob den Zeigefinger. »Es stellt sich hier natürlich die Frage nach der Urheberschaft dieser verderblichen Zeilen. Ein bis heute wohlgehütetes Pseudonym. Ich scheue allerdings nicht die Mutmaßung, daß sich hinter *Sergeant Pepper* ein gewisser Heinz Hafner verbergen könnte.«

Harald Mank, der Kratky nur halb zugehört hatte, weil er an den Jausensack und mehr noch an dessen Inhalt dachte, war jetzt doch sehr interessiert. »Und was sagt er dazu?«

»Wir haben nach wie vor keine Gelegenheit, ihn zu fragen, und auf E-Mails reagiert er nicht. Auch der Chefredakteur hat keine Ahnung, wo sich sein teuerster Mitarbeiter im Augenblick befindet. Kommt öfter vor, sagt er. Diesmal liegen die Dinge aber ein wenig anders, meiner bescheidenen Meinung nach. Seit Jahren ist Hafner sehr darauf bedacht, sein Markenzeichen als strenger, aber integrer Kritiker zu pflegen. Könnte man ihm nachweisen, daß er damals aus Zorn über seine Abfuhr wissentlich die berufliche Existenz von Frau Pröstler zerstörte, wäre der schöne Ruf beim Teufel.«

»Ob sie Bescheid gewußt hat?«

»Vielleicht. Aber sie wird jedenfalls geahnt haben, wer dahintersteckt.«

»Und damit war sie für Heinz Hafner gefährlich.«

»In der Tat. So ein richtig schönes Mordmotiv ist es

zwar nicht… andererseits… wenn man bedenkt, aus welch banalen Gründen Menschen umgebracht werden. Den passenden Rotwein hatte dieser Hafner jedenfalls zur Verfügung, wie Sie mir dankenswerterweise berichtet haben, Kollege Polt. Er hätte ihn in aller Ruhe vergiften können. Bei Gelegenheit überreicht er den Wein dann seiner ›Amy‹ Pröstler als tödliches Versöhnungsgeschenk und nimmt die entsprechende Flasche des Pfarrers an sich, um den geistlichen Herrn verdächtig zu machen. Er hingegen kann jederzeit eine unverdächtige Flasche mit 79er Cabernet Sauvignon herzeigen, mit dem alten Korken drin.«

»Und woher wußte er, wo der Schlüssel zum Weinschrank liegt?«

»Finden Sie's heraus. Ich werde jetzt einmal abwarten, was der Untersuchungsrichter meint. Vielleicht reicht es für einen Haftbefehl. Und was machen Ihre unermüdlichen Ermittlungen sonst noch?«

Mank schaute Polt an, dieser berichtete.

Kratky griff zu seinen Unterlagen. »Sie stochern also im Heuhaufen. Geht wohl auch nicht anders. Die gottgefällige Frauenrunde muß natürlich gründlich befragt werden. Wäre ja nichts Neues, so eine frömmelnde Giftmischerin. Den Pfarrer werden Sie in Zukunft ein wenig härter anpacken müssen, bei allem Respekt, und dieser Mesner, wie heißt er doch gleich?«

»Firmian Halbwidl.«

»Namen gibt's. Nun gut, meine Herren. Bis bald.«

Polt ging ins Vorzimmer, holte den Jausensack, und Mank griff zu.

»Ich brauche dich nachmittags hier, Simon«, sagte er
mit vollem Mund, »jede Menge Schreibtischarbeit. Mit
der Frauenrunde soll sich der Holzer befassen, der kennt
sich da besser aus als du.«

Gegen Abend schob Polt seufzend einen dicken Stapel
Papier von sich, ging nach Hause, um sein Fahrrad zu holen, und machte sich auf den Weg nach Brunndorf, weil
der Kirchenwirt in Burgheim Ruhetag hatte.

An einem der drei Tische, die im Hof des Gasthauses
Stelzer unter freiem Himmel standen, saß Sepp Räuschl.
Vor ihm lag eine aufgeschlagene Zeitschrift. Der Gendarm
setzte sich neben ihn und bemerkte, daß Räuschl mit dem
eingehenden Studium nackter und auffallend vollbusiger
Frauen beschäftigt war. »Genierer kennen die keinen«,
brummte der Weinbauer, als er Polt bemerkte, »eine Sünd-
haftigkeit, wenn man sich so fotografieren läßt!« Er blätterte um. »So ein Luder, ein wollüstiges. Und da schauen
Sie, Herr Polt! Direkt zum Fürchten.«

»Sie müssen ja nicht hinschauen, Herr Räuschl!«

»Man muß sich für alles interessieren heutzutage.
Oder glauben Sie, ich bin von gestern? Aber was sich da
so abspielt, das hätt's früher nicht gegeben.«

»Und nach der Maiandacht, Herr Räuschl?«

»Das hat irgendwie dazugehört. Und harmlos war's
auch.«

»Und nach dem Kirtag? Hinter dem Gasthaus, wo
euch niemand gesehen hat?«

»Da haben wir Kinder gemacht.« Sepp Räuschl lachte.
»Aber mit Anstand. Im Finstern.«

Martin Stelzer kam und stellte ein großes Glas Bier au[f] den Tisch. »Na, ihr zwei Lumpen?« Dann nahm er di[e] Zeitschrift und blätterte darin. »Mein Lieber! Da sieh[t] man, was unsereiner zu Hause versäumt.«

Als der Wirt gegangen war, beugte sich Simon Polt z[u] Räuschl hinüber. »Ich möchte Sie was fragen, als erfahre[-] nen Menschen. War das damals wirklich so arg, als di[e] Amalie Pröstler ins Wiesbachtal gekommen ist?«

Räuschl nahm einen ordentlichen Schluck Bier un[d] wischte sich mit dem Handrücken über den Mund. »Da müssen Sie den Pfarrer fragen, Herr Polt.«

»Was kann denn der dafür, abgesehen davon, daß e[r] gerne gut ißt?«

»Er hat den Männern was Verbotenes vor die Nase[n] gehalten. Die Amalie war die leibhaftige Versuchun[g]. Und ein Mann folgt eben seiner Natur.«

»Also alt und unscheinbar wär besser gewesen?«

»Das auch wieder nicht!«

»Jetzt versteh ich gar nichts mehr.«

»Ich erklär's Ihnen. Also, nur der Pfarrer und sein[e] Köchin waren schuld daran, daß die Männer den Ver[-] stand verloren haben. Und wenn einer schon unschuldi[g] zum Opfer wird…«

»Was dann?«

»Ja, dann will er wenigstens was haben davon.«

Ein Mann zuviel

Am Abend des folgenden Tages verschwendete Simon Polt keinen Gedanken daran, ins Wirtshaus zu gehen. Karin Walter hatte sich angesagt, gegen acht wollte sie kommen.

Im Kühlschrank stand eine hübsch dekorierte kalte Platte mit Wurst, Schinken und Käse bereit. Czernohorky hatte gierig seinen Napf geleert und war zum abendlichen Streunen aufgebrochen.

Schon um sieben wurde Polt von leichter Unruhe erfaßt. Er schaute verstohlen auf die Uhr und griff dann nach dem *Illustrierten Heimatblatt*. Daß die Kleintierausstellung in Breitenfeld zu einem rauschenden Erfolg geworden war, nahm er mit beiläufigem Interesse zur Kenntnis. Schon eher beflügelte die Ankündigung eines Seminars der Frauengruppe Burgheim unter dem Titel *Bauchtanz der Elemente* seine Phantasie. Recht anregend war auch die Geschichte aus dem nahen Wieselsberg. Während des alljährlichen Sommerfestes blieb es diesmal den Besuchern verwehrt, sich im WC der Volksschule zu erleichtern. Böse Zungen behaupteten, der Grund dafür könne die rüde Abwahl des Bürgermeisters sein, weil dieser ja mit der Volksschuldirektorin verheiratet sei. Nicht ganz so subtil verlief eine Auseinandersetzung beim Heurigenabend der Freiwilligen Feuerwehr. Manfred P., eifersüchtig auf Peter N., gab seinem Mißbehagen mit den Fäusten Ausdruck. Die verzagte Gegenwehr seines Nebenbuhlers hatte eine Rißquetschwunde und ein gebrochenes Nasenbein zur Folge.

Polt faltete die Zeitung zusammen, legte sie weg und warf wieder einen Blick auf die Uhr. Noch nicht einmal halb acht.

Er trat ans offene Fenster und schaute den Schatten beim Wachsen zu. Dann ging er ins Bad, betrachtete zweifelnd sein Spiegelbild, wusch das Gesicht mit kaltem Wasser und beschloß, sich zu rasieren. Inzwischen war Czernohorsky von seinem Ausflug früher als gewöhnlich zurückgekehrt: Er wußte von der Existenz der kalten Platte.

Acht Uhr. Betont ruhig nahm Polt auf seinem Lieblingssessel Platz, entzündete wie jeden Abend eine Kellerkerze und wartete auf ein Geräusch. Es blieb still.

Karin verspätete sich also ein wenig, na gut. Gegen neun spürte Polt ein unangenehmes Gefühl im Magen, stand seufzend auf, holte eine Flasche Wein aus dem Kühlschrank und goß ein kleines Glas voll. So saß er, wartete, trank, dachte nach und wartete.

Um zehn rief er bei Karin Walter an. Sie war nicht zu Hause.

Wenige Minuten später stand sie in der Tür. »Bitte, bitte nicht böse sein, Simon! Es ging nicht anders. Der Für, Franzl!«

Also der schon wieder. Dachte Polt. Und sagte: »Hauptsache, daß du dabist. Hunger?«

»Ja, und wie. Ich habe mit dem Franzl ein paar Gläser getrunken, damit er zugänglich wird. Und die spür ich jetzt.«

»Er trinkt also wieder?«

»Saufen ist wohl das bessere Wort, Simon. Aber in so

chen Phasen ist er wenigstens halbwegs guter Laune. Da bin ich leichtsinnig geworden und hab einen Fehler gemacht. Es hat Zeit gebraucht, ihn auszubügeln.«

»Erzähl schon.«

Karin holte ein schmales Heft aus der Tasche. »Kennst du das, Simon?«

Polt nickte. »Ja. Revolit. Und dieser Hut. Er hat's mir einmal gezeigt, das letzte Exemplar.«

Der bedeutsame Revolit-Hut

»Eben nicht. Ein paar davon liegen noch in der Schule, weggeräumt in einem Kastl. Ich hab drin gelesen, und heute war ich so blöd, ihm Sätze daraus vorzuhalten. Da, zum Beispiel: *Kein Mensch kann verlorengehen, wenn nur ein einziger an das Gute in ihm glaubt.* Oder: *Siege über dich und die Welt liegt dir zu Füßen.* Stammt übrigens vom heiligen Augustinus. Und noch ein Satz von Beethoven: *Ich will dem Schicksal in den Rachen greifen. Ganz niederbeugen soll es mich gewiß nicht.* Dann habe ich ihn gefragt, warum er das alles nicht mehr ernst nimmt. Du, Simon, so was von einem Häufchen Elend habe ich noch nicht erlebt. Wenn diesem Idealisten klar wird, welchen Scherbenhaufen er letztlich zurückläßt und wie er sich selber zerstört, kann er das nicht aushalten. Verstehst du?«

»Klar. Wer absolute Ansprüche stellt, scheitert an der Wirklichkeit, oder so ähnlich.«

Simon Polt holte die kalte Platte aus dem Kühlschrank und griff nach dem Brot, um abzuschneiden.

Karin schaute erschrocken auf das große Messer in seiner Hand. »Laß mich das machen, Simon. Männer neigen zur Selbstverstümmelung!«

»Dann wundert es mich, daß mir bis jetzt nichts passiert ist. Sag einmal, Karin, war der Franz Fürst immer schon so haltlos?«

»Aber nein. Du hättest ihn in seiner guten Zeit erleben sollen! Korrekt vom Scheitel bis zur Sohle, allerdings auch arm wie eine Kirchenmaus, weil er fast sein ganzes Gehalt für Schulprojekte ausgegeben hat. Was heute so unter moderner Pädagogik läuft, war für ihn schon vor Jahren selbstverständlich.«

»Hat er damals auch schon getrunken?«

»Nicht so viel. Wenn's mit Freunden aber einmal besonders hoch hergegangen ist, hat schon so etwas wie eine kleine Orgie daraus werden können.«

»Und du warst dabei?«

»Nein. Das war Männersache.«

»Ja, und weiter?«

»Es ist dann schlimmer geworden mit dem Trinken. Der Franzl hat aber auch ganz klar erkannt, daß sich etwas ändern muß. Und das hat er mit großer Konsequenz durchgezogen.«

»Wie denn?«

»Er ist weg aus dem Wiesbachtal, zurück nach Wien. Dort hat er es sogar zum Volksschuldirektor gebracht und zu einer richtigen Familie. Aber das war für ihn noch immer viel zu wenig. Alle Reformpläne, die ihm am Herzen gelegen sind, hat er auf einmal verwirklichen wollen, kein Widerstand war groß genug, um ihn abzuschrecken. Für die Familie ist dabei immer weniger Zeit und Geld geblieben. Und dann hat er sich auch noch beruflich total übernommen. Am Schluß war er ruiniert, in jeder Hinsicht.«

Karin Walter steckte gedankenverloren ein Stück Schinken in den Mund, kaute und schluckte.

»Eines Nachts hat ein Kollege einen Anruf von ihm bekommen. Er wäre mit der Schnellbahn nach Breitenfeld gefahren und bittet, daß er ihn dort abholt. Der Franzl hat in Wien alles liegen- und stehenlassen. Seiner Familie hat er sich ohnehin schon nicht mehr unter die Augen getraut. Der letzte große Traum war ein neuer Anfang im Wiesbachtal. Aber daraus ist nicht mehr viel geworden.«

»Starkes Leben«, sagte Polt. »Aber er hat eine Karin, die ihm die Hand hält, wenn's eng wird. Von der Familie, die er zurückgelassen hat, redet keiner.«

Karin schaute für ein paar Sekunden ins Leere. »Da hast du natürlich recht, Simon.«

Polt stand unwillig auf. »Schön langsam hätte ich es gerne wieder mit stinknormalen Menschen zu tun. Der Bruno Bartl wird immer sonderlicher, und der Firmian ist halb verrückt vor Kummer, weil er seine heißbegehrte Köchin nicht mehr hat. Sein Leben erinnert mich übrigens ein wenig an das von deinem Franz.«

»*Mein* Franz ist er nicht.« Karin überlegte. »Irgendwie hast du schon recht, Simon. Narren sind sie beide. Aber der Halbwidl hat sich's im wirklichen Leben so einigermaßen gerichtet, als halbgebildeter Besserwisser. Der Franz hingegen stellt die ganze Welt in Frage, und natürlich auch sich selbst. Dabei ist sein Verstand genauso gnadenlos wie das Gefühlsleben. Immer mit mehr als hundert Prozent unterwegs, weißt du.«

»Soll ja ein ziemlicher Frauenheld gewesen sein.«

»Das kannst du laut sagen, Simon. Er hat umwerfend lustig sein können, und wenn du eine Frau erst einmal zum Lachen bringst, ist schon viel gewonnen. Gut ausgeschaut hat er natürlich auch, ein Sportler mit wunderschön verträumten Augen. Und bürgerliche Bedenken haben ihn wenig gestört. Treu war er schon gar nicht, aber wenn dann eine so richtig böse auf ihn war, ist er mit sich selber so gründlich und witzig ins Gericht gegangen, daß sie nicht ernst bleiben konnte.«

»Sehr eindrucksvoll geschildert, wirklich!«

Karin schaute Polt überrascht ins Gesicht. »Ich rede und rede… Simon, sag, bist du eifersüchtig?«

»Ich eifersüchtig?« Er lachte. »Wie kommst du darauf? Nein. – Ja.«

Karin schwieg eine Weile. Dann rückte sie dicht an Polt heran und küßte ihn, erst sanft, dann eindringlich. Simon Polt hörte entgeistert den Engelschören zu, die in seinem Kopf jubilierten, erstaunlicherweise begleitet von der Brunndorfer Blasmusik. Dann aber spürte er, daß etwas in ihm über die Ufer trat, lange Aufgestautes. Mit zärtlicher Gier fiel er über Karin Walter her. Er war auf dem besten

Weg in einen unheiligen Himmel, als ihn Karins Lachen irritierte. »Entschuldige, Simon, aber dein Kater!«

Jetzt erst bemerkte er, daß Czernohorsky dabei war, sich hartnäckig mit seinem dicken Kopf zwischen die beiden Körper zu zwängen. Polt packte ihn am Nackenfell. »Balg, räudiger!«

Karin hatte sich aufgerichtet. »Laß ihn, Simon. Er hat eben die älteren Rechte.« Jetzt saßen beide wieder manierlich nebeneinander. Czernohorsky gefiel es, eine Brücke zu bilden, Kopf und Vorderpfoten auf Polts Knien, das Hinterteil auf Karin, die den Kater ein wenig unkonzentriert kraulte. »Und wie soll es jetzt weitergehen?«

»Da mußt du meinen Kater fragen.«

»Werde ich tun, bei Gelegenheit.« Karin kraulte inniger. »Aber ich habe an deine Ermittlungen und an den Fürst Franzl gedacht. Ich möchte mir gar nicht erst vorstellen, wie es ihm jetzt geht.«

»Karin!!«

»Ein für allemal: Ich hab nichts mit ihm, Simon. Aber es hätte schon sein können, früher einmal.«

»Wie gut hat er eigentlich die Amalie gekannt?«

»Ziemlich gut, soviel ich weiß. Und der Kontakt ist nie abgerissen. Sie war keine von denen, die sich zurückzieht, wenn es einem alten Freund schlechtgeht.«

»Am Sonntag hat der Franz Fürst in der Kirche übrigens einen ziemlich provokanten Auftritt hingelegt.«

»Das sieht ihm ähnlich. Freut mich auch irgendwie. Offenbar hat er doch noch Kraft in sich. Wär gern dabeigewesen. Aber ich hab derzeit wenig Lust darauf, katholisch zu sein, wenn ich mir die Amtskirche so anschau.«

Polt nickte, schwieg und dachte nach. »Du, Karin?«

»Ja, Simon?«

»Was findest du an mir?«

»Weiß nicht. Ich bin noch am Suchen.«

Waldeslust

»In den Wald willst du? In deiner Dienstzeit? Tut dir die Sonne nicht gut, oder was?« Harald Mank betrachtete Gendarmerie-Gruppeninspektor Simon Polt mit unverhohlenem Mißtrauen.

»Soll ich jetzt ermitteln oder nicht?«

»Natürlich sollst du. Und was willst du finden? Im Wald?«

»Einen Baum.«

»Simon, mich freut's, wenn du guter Laune bist, aber halte mich nicht zum Narren.«

»Würd ich mir nie erlauben. Auf dem Grünberg gibt es die sogenannte Teufelsbuche, jedenfalls hat mir das Frau Habesam erzählt.«

»Den Baum kenn ich. Steht ziemlich weit oben.«

»Und woher kennst du ihn?«

»Tut nichts zur Sache. In den Wald mit dir!«

Simon Polt brach unverzüglich auf, weil es am frühen Vormittag ja doch noch ein wenig kühler war. Als er mit dem Rad an Karin Walters Schule vorbeifuhr, schaute er zu den Fenstern hinauf. Die Kinder waren zu beneiden. Er hatte nie eine Lehrerin gehabt, immer nur Lehrer. Ganz bestimmt gab es da irgendwelche pubertierend

Knaben, die nur zu gut wußten, daß nicht nur eine Lehrerin, sondern auch eine Frau vor ihnen stand.

»Kindskopf«, sagte Polt zu sich selbst und trat in die Pedale. Am Ortsrand bog er in einen Feldweg ab, der zur Brunndorfer Kellergasse führte. Etwa auf halber Strecke erreichte Polt drei große Kastanienbäume, deren Stämme so dicht beieinanderstanden, daß ihre Kronen ein gemeinsames großes Blätterdach bildeten. Darunter gab es eine hölzerne Bildsäule und einen Brunnen mit grüngestrichenem Pumpenschwengel. Der Gendarm setzte sich auf die aus Brettern gezimmerte Abdeckung und verschnaufte ein wenig.

Die meisten dieser Brunnen funktionierten nicht mehr, weil seit der Regulierung des Wiesbaches der Grundwasserspiegel sank. Neuerdings wurden immerhin Rückhaltebecken und Feuchtbiotope angelegt, auch der Wiesbach sollte sein altes krummes Bett zurückbekommen, aber die Sünden von Jahrzehnten ließen sich nicht in ein paar Jahren ungeschehen machen.

Polt stieg wieder aufs Rad. Vor Friedrich Kurzbachers Preßhaus sah er das Auto des Weinbauern stehen. Der Gendarm lehnte sein Fahrrad an den Nußbaum, ging ins Preßhaus und hörte Geräusche im Keller. Der Kurzbacher hantierte lustlos an einer altmodischen Filtrieranlage. »Arbeit gibt's, Simon, Flaschen abfüllen.«

»Sehr unternehmungslustig kommst du mir aber nicht vor, Friedrich.«

»Mir geht's nicht gut. Genaugenommen geht's mir schon gut. Aber zuviel getrunken hab ich gestern.«

»Wo denn?«

»Im Keller vom Wolfinger. Die Jäger vertragen was, sag ich dir! Willst was trinken?«

»Nein danke. Ich muß auf den Grünberg.«

»Spinnst du? Bei der Hitze?«

»Dienst ist Dienst, Friedrich. Weißt du eigentlich, wo die Teufelsbuche steht?«

»Was hast du denn dort zu suchen? Na, ist ja egal. Du gehst einfach geradeaus Richtung Gipfel, und kurz bevor du ganz oben bist, zweigst du nach links ab. Die Teufelsbuche ist der höchste Baum im ganzen Wald, kannst sie nicht verfehlen.«

»Und der Steinbruch?«

»Da wirst du suchen müssen. Ein paar hundert Meter von der Anhöhe entfernt führt ein schmaler Weg hin, ziemlich zugewachsen. Früher war das alles schön ausgeschnitten, weil der Steinbruch ein beliebtes Ausflugsziel gewesen ist. Am Kirtagnachmittag hat sich das halbe Dorf dort getroffen. Das war vielleicht ein Theater!«

»Besser als Fernsehen, nicht wahr?«

»Ja und nein. War eine andere Zeit.«

Vom Tal her gesehen, war der kaum fünfhundert Meter hohe Grünberg eine recht bescheidene Erhebung. Dennoch brachte der Anstieg Polt gehörig ins Schwitzen. Erst ging es durch einen steilen Hohlweg bergan, dann erreichte der Gendarm einen ausgedehnten Kahlschlag. Wieder am Waldrand angelangt, konnte er keine Fortsetzung des Weges finden, drang aber unverdrossen durch dichtes Unterholz vor. Endlich sah er eine dunkle Baumkrone, die den Wald ringsum überragte. Die Teufelsbuche stand inmitten einer kleinen Lichtung, starke Wurzeln krallten sich in den felsigen Untergrund. Polt trat näher und griff mit beiden Händen an den mächtigen Stamm. »So, alter Knabe. Erzähl mir was!«

Manche von den in die Rinde geschnitzten Zeichen konnte Polt nicht mehr lesen, andere schon. Er holte seinen Notizblock hervor.

»Da schau ich aber! Ein Gendarm im Jagdrevier!«

Polt dreht sich um und sah Christian Wolfinger, der langsam näher kam und sich dabei an die Stirn griff.

»Ist was, Christian?«

»Es war was, Simon.«

»Ich weiß. Du und der Kurzbacher im Keller.«

»Bist ja recht gut informiert für einen Gendarmen. Und was willst du hier?«

»Ich würde gerne wissen, wer von den Männern mit der Pfarrersköchin zu tun hatte, damals, als sie noch jung und lustig war.«

»Dann bist du goldrichtig bei der Teufelsbuche. Da schau einmal: CH. W.! Ich war übrigens einer der erfolgreichsten.«

»Wie erfolgreich?«

»Ja, weißt du, ich glaub kaum, daß sie einer von uns wirklich herumgekriegt hat. Aber eine feste Schmuserei war für mich schon drin, mit ein paar verbotenen Griffen. War ja auch was da, mein Lieber!«

»Hab ich's mir doch gedacht.« Polt hatte ein F. K. entdeckt. »Wird wohl Friedrich Kurzbacher heißen.«

»Klar.« Wolfinger grinste. »Kennst du den?« Er zeigt auf ein G. M.

»Dazu fällt mir im Augenblick keiner ein.«

»Weil du dich nicht nachzudenken traust. Gregor Mantler. Der Bürgermeister von Burgheim. Und hier: H. M.!«

Jetzt grinste Polt. »Wenn das Harald Mank heißt, ist das für mich soviel wie ein Lotto-Sechser.«

»Hast schon gewonnen.«

Eine gute halbe Stunde lang versuchten die Männer, möglichst viele Initialen zu erkennen. Dann steckte Polt seinen Notizblock ein. »Alle Achtung. Da war ja ganz schön was los, damals. Zwei Namen fehlen aber, die ich auf jeden Fall hier erwartet hätte: Firmian Halbwidl und Franz Fürst.«

»Ja, die zwei. Der Firmian war sich immer zu gut dafür, mit unserem Rudel mitzutun. Der hat seine Amalie rein und innig geliebt, ganz ohne schmutzige Absichten.«

»Und der Fürst Franz?«

Wolfinger neigte den Kopf. »Wenn ich einem den Abschuß zutraue, dann ihm. Der hat es nicht notwendig gehabt, mit eingeschnitzten Buchstaben anzugeben. Ein bewunderter Lehrer und dabei der wildeste Hund von allen.«

»Wenn du schon dabist, Christian. Kennst du den Weg zum Steinbruch?«

»Freilich. Was suchst du denn dort?«

»Keine Ahnung.«

»Das ist ja wie in einem Backofen hier!« Polt schaute sich um. Die Wände des Steinbruchs, nach Süden hin geöffnet, umfingen eine annähernd ebene Fläche. Zwischen Sträuchern lagen große Felsbrocken. »Hat die Amalie das hier gekannt?«

»Und ob. So viele Möglichkeiten hat's nicht gegeben, mit ihr allein zu sein. Die einen haben ihr also den Keller gezeigt und die anderen den Wald. Übrigens kannst du hier auch schöne Versteinerungen finden, Muscheln, Schnecken und so.«

»Und wer Tollkirschen braucht, kann sich erst recht bedienen!« Polt war vor hohen Stauden stehengeblieben, an denen glänzende, schwarzviolette Beeren hingen. »Hat der Fürst Franz also recht gehabt mit seinem Hinweis.«

»Das wundert mich nicht, Simon.«

»Was willst du damit sagen?«

»Daß ich ihn vor ein paar Wochen hier beobachtet habe. Beim Tollkirschensammeln.«

»Ja, verdammt noch einmal, Christian, warum sagst du mir das erst jetzt?«

»Weil es weniger wichtig ist, als du glaubst. Er soll dir einmal seine Hexenküche zeigen. Ich wette, da gibt es genug Gift drin, um das halbe Dorf umzubringen. Experimentiert gerne, der Franz, auch mit sich selbst. Irgendwann hättest du das Kastl mit den Flaschen entdeckt, und dann wärst du wahrscheinlich auf falsche Ideen gekommen. Darum hab ich gedacht, ich sollt's dir sagen, bei Gelegenheit. Der Franz ist alles andere als harmlos, Simon. Aber bevor der einem Menschen was tut, geht er selber drauf.«

»Die Wilderei neulich hast du ihm schon zugetraut, nicht wahr?«

Der Wolfinger schwieg, nahm eine Tollkirsche und zerdrückte sie. Der dunkle Saft rann über seine Finger. »Das war ein Blödsinn, Simon. Ich war nicht mehr ganz nüchtern, und da ist mir der Ärger über ihn hochgekommen. Er hat einen Jäger ja wirklich aufs Blut reizen können, bei Gott!«

»Ja, schon, aber der eingeritzte Hut neben der Falle war sein Zeichen!«

»Und wenn ihm einer was anhängen wollte, Simon?«

Polt zuckte zusammen. »An dir ist ein Gendarm verlorengegangen.«

Gegen elf Uhr kam Polt ziemlich müde und nachdenklich in die Wachstube zurück. Er trank hastig ein großes Glas Mineralwasser und ging dann in Harald Manks Büro.

»Na, Simon? Fündig geworden?«

»Ja, Harald.« Polt holte sein Notizbuch hervor. »Ein aufschlußreiches Spiegelbild der Wiesbachtaler Moralvorstellungen vor zwanzig Jahren.«

»Red nicht so geschwollen. Und was nicht unmittelbar im Zusammenhang mit unseren Ermittlungen steht, vergißt du ganz schnell. Verstanden?«

»Verstanden. Hast du vielleicht eine Ahnung, was die Anfangsbuchstaben H. M. bedeuten könnten?«

Harald Mank stierte Polt ins Gesicht. »Nein. Du?«

»Nein.«

»Na also.« Dann fing Polts Vorgesetzter an zu lachen. Er wieherte förmlich. Mühsam gewann er die Fassung wieder. »Vielleicht solltest du deine Notizen dem *Illustrierten Heimatblatt* zuspielen. Mensch, da wär bei uns was los!«

»Jaja. Aber davon abgesehen, mein lieber Freund und Vorgesetzter. Es wär ganz nett von dir gewesen, mich gleich einmal über das flotte Leben der Pfarrersköchin aufzuklären. Hätte mir eine Menge Arbeit erspart.«

»Wer wird denn über Tote Schlechtes reden?« entgegnete Mank würdevoll.

»Schwachsinn. Der Pfarrer denkt wohl auch so.«

»Mit der heilen Welt im Pfarrhof ist es so oder so vorbei.«

Der Dienststellenleiter war offensichtlich froh darüber, das Thema wechseln zu können. »Wir waren natürlich auch fleißig. Was hältst du vom Kollegen Holzer, so als Mann, Simon?«

»Netter Kerl.«

»Mein ich auch. Aber die Damen der Frauenrunde haben ihn angeschaut, als stünde der Leibhaftige in der Tür, eine wie die andere.«

»Und was haben sie ihm erzählt?«

»Wenig genug, aber alle so ziemlich dasselbe. Fast als hätten sie sich abgesprochen.«

»Hm. Die werden einfach nichts zu tun haben wollen mit dem Unglück im Pfarrhaus.«

»Verständlich. Aber vielleicht werden wir uns doch intensiver um ihre Rolle dabei kümmern müssen. Noch was, lieber Freund und Gruppeninspektor!«

»Was denn?«

»Die gute Amalie hat in Wien offenbar blendend verdient gehabt und muß Zeit ihres Lebens tüchtig gespart haben. Sie ist nämlich als reiche Frau gestorben. Und wer, glaubst du, erbt?«

»Doch nicht der Bruno Bartl?«

»Nein. Der Pfarrer.«

Am frühen Nachmittag schob Polt sein Fahrrad die Burgheimer Kellergasse hinauf. Franz Fürst ging ihm nicht aus dem Kopf. Die Sache mit den Tollkirschen war natürlich fatal. Vom Schlüssel zum Weinschrank hatte ihm vielleicht der Mesner erzählt. Andererseits, wenn ihm sogar der Wolfinger, mit dem er oft genug Streit gehabt hatte, nichts wirklich Böses zutraute... Aber vielleicht ist der Lehrer schwer betrunken ein anderer Mensch? Nach ein paar Gläsern Wein war er auch schon früher zu ziemlich boshaften Streichen aufgelegt, und Konflikte trug er mit großer Leidenschaft aus. Gut möglich, daß er die Grenze zwischen Gedankenspiel und Wirklichkeit manchmal außer acht ließ. Polt blieb stehen, um ein wenig zu rasten.

Ohne es zu bemerken, war er an der Abzweigung, die zum Preßhaus des Lehrers führte, vorbeigegangen. Schon einmal im oberen Drittel der Kellergasse angelangt, entschloß sich der Gendarm zu einer kleinen, aber vergnüglichen Dienstverfehlung, deren Ziel sein jüngst erworbenes und ohnehin sträflich vernachlässigtes Eigentum war.

Nach wenigen Minuten stand er vor seinem Preßhaus. Weil er keine Schlüssel bei sich hatte, setzte er sich neben der Tür auf einen kleinen Steinsockel, hörte den Vögeln zu und beobachtete das bewegte Spiel der Schatten auf dem grasigen Boden.

Dann aber drängten sich doch wieder die Gedanken an den Tod der Pfarrersköchin vor. Es war doch seltsam, daß niemand so richtig darüber reden wollte. Gut, ein paar ihrer Freunde von damals waren heute brave Ehemänner und vermutlich, wie auch ihre Frauen, ganz froh darüber, daß ein leidiges Thema nunmehr endgültig vom Tisch war. Dem Pfarrer war die bewegte Vergangenheit seiner Mitarbeiterin wohl auch peinlich, und er versuchte, ganz im Stil seiner Kirche, die Wogen salbungsvoll zu glätten. Immer wieder zog er es vor, auf Polts Fragen ausweichend oder gar nicht zu antworten. Und darüber, wie er die Bewilligung erwirkt hatte, eine junge, schöne Frau in den Pfarrhof aufzunehmen, wollte er auch nicht reden. Sogar Amalies Tod hüllte er in ein Gespinst unverbindlicher Worte. Nur für Sekunden hatte er die Fassung verloren, als die Rede auf den vergifteten Wein kam. Der Rest war Schweigen, obwohl sich auch Virgil Winter Gedanken darüber machen mußte, wie alles hatte geschehen können. Das galt erst recht für Firmian Halbwidl, den Mesner. Er war vom Tod der Amalie offenbar schmerzlicher betroffen als alle anderen. Die Untat müsse um jeden Preis gesühnt werden, hatte er gesagt, gleich, wen es trifft. Doch auch Firmian äußerte keinen konkreten Verdacht, obwohl er bei seinem Hang zur Wichtigtuerei bestimmt gerne mit Hintergrundwissen geprahlt hätte. Bruno Bartl wiederum war ein erklärter Feind des Pfarrers, weil er die Beziehung zwischen ihm und der Köchin gestört hatte und weil sie möglicherweise an seinem Wein gestorben war. Für den Bruno war also alles klar, ein Gendarm konnte damit aber kaum etwas anfangen. Blieb noch Franz Fürst, der nicht sagen wollte, was er wußte, angeblich, weil er einen vergleichsweise harmlosen Übeltäter, den er zu kennen glaubte, nicht mit Mord in Verbindung bringen wollte. Dieser Lehrer verwirrte Polt, weil er so gar nicht ins dörfliche Bild paßte. Klar war nur, daß es in allen Fällen eine Verbindung zu ihm gab.

Der Gendarm spürte ein Drücken im Magen, seufzte und machte sich auf den Weg.

Er sah Franz Fürst in der Wiese liegen, wie schon einmal. Ein müde gewordener Faun, dachte er und kniete nieder, um den Schlafenden zu wecken. Es gelang ihm erst, als er ihn an den Schultern nahm und kräftig schüttelte.

Franz Fürst schaute Polt unsicher an, brachte zuerst nur einen krächzenden Laut hervor und trank aus einer Flasche, die neben ihm stand. »Alkohol entzieht Wasser, Inspektor. Die Stimmbänder trocknen aus.« Er nahm noch einen Schluck. »Ich fürchte, mein Kopf will nicht so recht, bin wohl noch immer ziemlich betrunken. Entschuldigen Sie bitte.« Polt setzte sich ins Gras und schwieg.

Franz Fürst stand mühsam auf und ging auf das Preßhaus zu. »Einen Augenblick Geduld, Herr Polt, oder darf ich Simon sagen, ich meine, wo doch die Karin…«

Polt bekam einen roten Kopf. »Ja, gern.«

Als Franz Fürst zurückkam, trug er ein Buch in der Hand. »Theodor Kramer, kennst du den?«

»Nicht wirklich.«

»Ich bin ein Idiot, Simon. Da kommt die Karin und versucht mir Mut zu machen, mit meinen eigenen Vorsätzen. Und meine Antwort? Ich besorge ihr ein schlechtes Gewissen mit meinem hundserbärmlichen Selbstmitleid. Es ist ein Teufelskreis. In dem Buch da hab ich ein paar Zeilen gefunden, die lese ich seit Tagen, das ist wie eine Droge. Da, hör einmal:

Unterm Laub wohnt der Stamm, unterm Roggen der Grund,
unterm Rasen Gestein und Gewalt;
jedes Jahr, wenn im Herbstwind die Stauden sich drehen
und die Kleestoppeln schwarz auf der Lößleiten stehen,
wird urplötzlich das Land wieder alt.
Es ist Herbst, Simon, mitten im Sommer.«

»Hast du schon einmal gesagt.«

»Hab ich vergessen. Ich vergesse viel.«

»Aber am Sonntag, in der Kirche, warst du ganz gut in Form.«

»Nicht wahr? War aber auch Virgil Winters Meister-stück, diese Formulierung in der Predigt. Das macht ihm keiner nach. Hat Applaus verdient.«

»Ich versteh nicht ganz.«

»Na, lügen will er doch nicht, als aufrechter Christ und Pfarrer. Aber die Wahrheit so zu servieren, daß sie je-der gleich versteht, wär ihm auch nicht recht gewesen.«

»Könnte es sein, daß er auf Beziehungen angespielt hat, wie zum Beispiel zwischen dir und der Amalie?«

»Sehr gut, setzen.«

»Und was war das für eine Beziehung?«

»Eine intensive. In jeder Hinsicht.«

»Auch ziemlich kompliziert, nicht wahr?«

»Wenn du damit endlose Diskussionen und mörderi-sche Streitereien meinst: ja.«

»Hast du die Amalie noch getroffen, in letzter Zeit, oder war alles längst vorbei?«

»Vorbei ist so etwas nie.«

»Es hat kein endgültiges Zerwürfnis gegeben?«

»Nein. Und kein Motiv für mich, ihr was anzutun.«

»Aber irgend jemand hat ein Motiv gehabt.«

»Schon. Aber muß es ein Mordmotiv gewesen sein? Atropin wirkt ziemlich langsam... Aber laß der Amalie ihren Frieden und ihren schwer verdienten Himmel.«

»Wenn's ihn gibt, den Himmel.«

»Für die Amalie schon, sie hat ja daran geglaubt. Ich stell mir das da oben so vor: Ein Rausch, der nie mehr aufhört, ein Orgasmus nach dem anderen, und das alles zur höheren Ehre Gottes. Mein liebes Mädchen! Da wär ich gern dabei!«

»Ob das der Pfarrer auch so sieht?«

»Bei den schwarzen Scheuklappen? Der hat die Amalie nie wirklich verstanden, und unsere Beziehung schon gar nicht. Wir hatten mehr miteinander gemeinsam, als sich Hochwürden das vorstellen kann.«

»Hast du Streit mit ihm gehabt, deswegen?«

»Kaum. Dafür, daß er das Priesterseminar verbaut und verbogen verlassen hat, kann er wenig. Und in seiner zölibatären Einzelhaft hat er auf meine erfolgreiche Jugendarbeit und die vollsaftige Beziehung zu seiner Köchin ganz einfach eifersüchtig sein müssen. Er hat eben jede Menge Probleme mit sich, und damit schafft er Probleme für andere. Aber er ist andererseits ein achtungsgebietender Mann, auch wenn ich mit seiner Kirche nichts anzufangen weiß. Also haben wir uns benommen wie die Stachelschweine vom Schopenhauer.«

»Was ist mit denen?«

»Die sind einander nah genug, um sich zu wärmen, aber nicht so nah, daß sie sich stechen müßten.«

»Schön gesagt und wenig informativ für mich.«

»So war's gemeint.«

»Und du sagst, daß dein Kopf nicht funktioniert.«

»In der Not tut er's manchmal noch.«

»Das ist gut so. Denn jetzt muß ich dich auch noch fragen, was du mit Tollkirschen anfängst. Ausgerechnet Tollkirschen!«

»Makaber, zugegeben? Aber ich habe noch mehr zu bieten. Kennst du den Weinbergstern, auch Ackergauchheil genannt?«

»Nie gehört!«

»Ein hübsches Primelgewächs und eine Giftpflanze. Schädigt die Nieren und das Nervensystem. Und was hältst du zum Beispiel von Maiglöckchen?«

»Viel!«

»Convallaria majalis, tödlich giftig. Ein Kind kann daran sterben, wenn es nur das Wasser aus der Blumenvase trinkt. Und der Star meiner Sammlung ist das Mutterkorn, ein Pilz, der sich auf Roggenähren entwickelt. Der Tod tritt ein, weil der Kreislauf kollabiert. Mein lieber Simon, für Giftmorde bin ich Spezialist.«

»Und deine Hexenküche? Der Wolfinger hat mir davon erzählt.«

»Die gibt es nicht mehr. Komm mit.« Fürst betrat den Bretterverschlag vor dem Preßhaus und öffnete einen unscheinbaren Wandschrank. »Flaschen, Fläschchen, Phiolen. Alles leer, Simon. Ich habe das Teufelszeug heut nacht ins Feuer geschüttet. Bei einem Menschen wie mir weiß man nie, wie es weitergeht, und wenn das Gift in falsche Hände gerät – nicht auszudenken.«

»Hätte das nicht schon längst einmal passieren können?«

Fürst senkte den Kopf. »Ja, leider.«

»Landesgendarmerie-Inspektor Kratky würde dich auf der Stelle verhaften, Franz.«

»Ich könnte es ihm nicht verübeln.«

»Und mir bleibt das Vergnügen, mit euch Narren irgendwie zurechtzukommen.«

»Wen zählst du noch dazu?«

»Den Bartl, ein wenig auch den Halbwidl.«

»Einer liebenswerter als der andere. Vielleicht solltest du auch noch den Pfarrer in unseren Verein nehmen.«

»Wie kommst du jetzt auf ihn?«

»Die Amalie wollte weg von ihm, wollte kündigen. Als er darauf wie ein verstoßener Liebhaber reagiert hat, hat sie herzlich lachen müssen. Ich glaube, außer dem hochwürdigen Herrn weiß nur noch ich von dieser hübschen Szene.«

»Nicht schlecht! Jetzt aber noch was Unangenehmes: Neben der Falle, in der sich das Reh erwürgt hat, war etwas in die Rinde geritzt – der Revolit-Hut.«

»Nein!« Franz Fürst nahm Polt mit beiden Händen an der Uniformjacke. »Nein!«

»Wenn ich's doch sage. Du mußt es ja nicht gewesen sein.«

»Wer sonst?«

»Jemand, der dich aufs Kreuz legen will, zum Beispiel. Hast du Feinde?«

Fürst lachte gequält. »Den Landesschulinspektor. Aber der hat ja schon seinen Triumph.«

»Ja dann.« Polt schaute seinem Gegenüber fragend ins Gesicht. »Wenn's kritisch wird mit dir, kannst du immer zu mir kommen, privat meine ich, oder zur Karin.«

Der Lehrer senkte den Kopf. »Ihr wollt mir helfen. Und genau das ist mein Problem.«

Auf seinem Weg durch die Kellergasse bremste der Gendarm vor Halbwidls Preßhaus. Die Tür war verschlossen. Polt zögerte, dann wurde er vom alten Prantl angeredet, dem der Keller nebenan gehörte. »Der Firmian ist nach Breitenfeld gefahren, Herr Inspektor. Hat dort was zu erledigen.« Prantl trat dicht an Polt heran. »Den armen Kerl kennt man nicht wieder, seit das mit der Köchin passiert ist. Ich hab fast schon geglaubt, er tut sich was an.«

»Scheint ihn wirklich sehr getroffen zu haben.«

Prantl lächelte verschwörerisch. »Er war ja auch ein großer Verehrer von ihr. Aber keusch, Herr Inspektor, ganz keusch.«

»Hat er davon erzählt?«

»Nicht nur einmal. Daß sie etwas Besonderes ist, hat er gesagt, mit einer Bildung, von der die ungehobelten Männer im Wiesbachtal keine Ahnung haben. Die Amalie, hat er gesagt, braucht Kulturmenschen, wie er einer ist. Und der Pfarrer war ihm auch nicht recht, weil er der Köchin angeblich viel zu wenig Freiheit gelassen hat. Wie in einem goldenen Käfig, hat er immer geschimpft, der Nachbar. Und seit die Köchin tot ist, läßt er überhaupt kein gutes Haar mehr am hochwürdigen Herrn Winter. Da wird noch so allerhand ans Licht kommen, meint er. Aber der Firmian redet viel, wenn der Tag lang ist.«

»Wir kennen ihn ja gut genug, Herr Prantl. Und? Was macht der Weingarten?«

»Ist schon wieder recht, jetzt nach dem Regen. Hoffentlich kommt kein feuchter Herbst, wär auch wieder nicht gut.«

»Wissen Sie was? Ich bin heilfroh, daß ich kein Weinbauer bin.«

»Und warum?«

»Einmal ist es zu kalt und einmal zu heiß, dann zu trocken oder zu feucht, und womöglich gibt's auch noch Hagel. Ich könnt keine Nacht ruhig schlafen.«

Prantl schaute nach oben. »Der, der das schlechte Wetter macht, macht auch das gute.« Grüßend hob der Alte die Hand und ging in sein Preßhaus.

In der Wachstube hatte Inspektor Zlabinger Dienst. »Hallo, Simon. Geh gleich ins Büro vom Chef. Die Karin Walter ist drin.«

»Soso.«

Als Polt eintrat, aß Karin ohne erkennbare Begeisterung eine Schwedenbombe, während sein Vorgesetzter eine Pose einnahm, die er vermutlich als lässig-elegant empfand. »Mein lieber Simon! Ich habe gerade von dir gesprochen.«

»Kann nichts Gutes gewesen sein.«

»Aber ja. Es ist ja wirklich zu bewundern, wie umsichtig und sensibel du im Fall Pröstler vorgehst, obwohl dir als Junggeselle doch jede Erfahrung im Umgang mit dem schöneren Geschlecht abgeht.« Er zwinkerte Polt zu. »Aber du kannst ein paar Tips von mir haben, bei Gelegenheit. Jetzt aber zu unserem lieben Gast. Du bist ja bestimmt nicht nur ins Wachzimmer gekommen, um mit mir zu plaudern, na, Karin? Heraus mit der Sprache!«

Die Lehrerin legte die angebissene Schwedenbombe auf den Schreibtisch und schob sie von sich.

»Also, es ist so.« Sie schaute zu Polt hinüber. »Wenn ich jetzt etwas erzähle, ist das dann gleich wie eine offizielle Anzeige?« Harald Mank legte väterliches Verständnis in den Blick. »Wir erfahren viel, Karin, und gehen sehr vorsichtig mit unserem Wissen um.«

»Allerdings.« Polt grinste.

Karin Walter bemerkte nichts davon, weil sie konzentriert vor sich hin schaute. »In unserer Schule ist etwas passiert. Muß heute nacht gewesen sein. Das Konferenzzimmer ist für die nächste Zeit unbenutzbar.«

Polt schlug sich mit der flachen Hand auf die Stirn. »Herrgott! Jetzt fängt der Zirkus von vorne an.«

Mank schaute tadelnd. »Vielleicht läßt du die Karin einmal ausreden, verehrter Kollege?«

Die Lehrerin lächelte unsicher. »Um es kurz zu sagen: Es stinkt fürchterlich. Nicht auszuhalten! Ungefähr so, als hätte sich das Lehrerkollegium seit gut einem Jahr nicht gewaschen.«

»Was aber vermutlich nicht der Fall ist.« Harald Mank bemühte sich, ernst zu bleiben.

»Die Ursache kennen wir schon«, fuhr die Lehrerin fort. »Buttersäure. Riecht intensiv nach Schweiß. Die entsprechende Flasche im Chemiekammerl ist leer.«

»Das schaut mir aber verdammt nach einem Schülerstreich aus.«

143

»Haben wir zuerst auch gedacht. Den ganzen Tag über hat's Befragungen und Untersuchungen gegeben. Nichts da. Wir kennen unsere Bande. Diesmal ist sie unschuldig.«

»Und was hindert euch jetzt wirklich noch daran, Anzeige zu erstatten?«

Karin Walter warf Simon Polt einen raschen Blick zu. Der Gendarm senkte den Kopf.

Harald Mank seufzte. »Also gut. Wir wissen vorerst von nichts. Offiziell, meine ich. Zufrieden, Karin?«

»Ich weiß nicht.«

In Gottes Namen

Nach Dienstschluß rief Polt gleich Karin Walter an, erreichte sie aber nicht. Dann versuchte er es mit Virgil Winter. Doch auch der Pfarrer war nicht zu Hause.

Na gut, dann eben morgen. In dieser verfahrenen Situation war es vielleicht ohnehin besser, private Gespräche vorerst zu vermeiden. Andererseits brauchte er sich keine Illusionen zu machen. Längst war er auch persönlich in die Angelegenheit verstrickt. Der einzige, dem er einigermaßen unbefangen hätte entgegentreten können, Heinz Hafner, war mit unbekannten Zielen abgereist.

Polt schaute mürrisch auf seinen roten Kater Czernohorsky herab, der seinen Blick herausfordernd erwiderte, das Mäulchen öffnete und völlig entkräftet ein lautloses Miauen ausstieß. »Nach dem, was du angestellt hast«

brummte Polt, »gebührt dir Wasser und Brot, wenn überhaupt. Aber ich bin ja nicht so.« Er füllte den Napf, holte dann ein Stück Selchfleisch aus dem Kühlschrank und biß lustlos im Stehen davon ab.

Polt war unruhig. Er wollte gerade das Haus verlassen, um sich beim Kirchenwirt ein wenig abzulenken, als er ein Klopfen hörte. Das konnte nur Karin sein! Als er die Tür öffnete, stand Pfarrer Virgil Winter vor ihm. »Grüß dich, Simon. Das ist kein priesterlicher Hausbesuch.«

»Sondern? Aber kommen Sie doch erst einmal herein. Wein? Bier?«

»Nichts davon. Mir ist im Augenblick mehr nach Askese. Ich möchte in Ruhe mit dir reden, und zwar außerhalb meines christlichen Amtsgebäudes. Hast du Zeit und Geduld dafür?«

»Offen gestanden: Ich hab ohnehin nicht gewußt, was ich mit diesem Abend anfangen soll.«

Virgil Winter lachte leise. »Verkehrte Welt! Ich, der den Gläubigen die Beichte abnimmt, komme zum Simon Polt, um mich auszusprechen.«

»Morgen wär ich sowieso zu Ihnen gekommen, Herr Pfarrer.«

»Mir ist es so lieber. Laß mich ein wenig ausholen. Wenn ich zu geschwätzig werde, sag es mir bitte. Bevor ich ins Wiesbachtal gekommen bin, war meine priesterliche Laufbahn alles andere als beschaulich. Gefängnisseelsorge, Arbeit mit Prostituierten, mit Drogensüchtigen. Ich habe mich den Randgruppen der Gesellschaft verpflichtet gefühlt. Eine Arbeit, die bereichert, Simon, die aber an den Kräften zehrt. Irgendwann habe ich erkannt, daß ich nicht so stark bin, wie ich das in meinem jugendlichen Überschwang glaubte. Anfangs habe ich versucht, meine bisherige Arbeit auch als Pfarrer in Burgheim wenigstens ansatzweise fortzuführen und mich weiter mit meinen Schützlingen zu treffen. Es hat nie richtig funktioniert, und Gerede gab es natürlich auch. Ich mußte schließlich einsehen, daß ich ohnehin nur mein schlechtes Gewissen beruhigen wollte. Den Rest meiner Biographie kennst du ja einigermaßen.«

»Und die Frau Pröstler?«

»Ich hatte gerade vor, auf sie zu kommen. Als sie wegen der Stelle als Pfarrersköchin bei mir vorsprach, war mir gleich klar, daß einiges nicht stimmen kann. Ich habe ja Augen im Kopf und konnte nicht übersehen, daß sie verdammt hübsch war. Und wer ein glänzendes Zeugnis eines berühmten Wiener Restaurants vorweisen kann, braucht nicht für einen Pfarrer zu kochen. Nach ihren Worten hatte menschliche Bosheit eine steile Karriere in Wien zunichte gemacht. Von Heinz Hafner hat sie mir erst neulich erzählt. Er soll mit seinen Gemeinheiten aber nur den letzten Anstoß zur Veränderung gegeben haben. Schon lange ist die Amalie mit dem unerträglichen Erfolgsdruck in ihrer Branche nicht mehr fertiggeworden. Sie war nur noch ein junges, schönes Wrack.«

»Wir wissen inzwischen schon ein wenig mehr über die Angelegenheit.«

»So? Es muß mich nicht interessieren. Für mich ging es damals um einen psychisch gefährlich labilen Menschen, der überdies massive Alkoholprobleme hatte. Die Bedenken der kirchlichen Obrigkeit waren mir da ziemlich egal. Ich habe ihr neues Leben im Pfarrhaus irgendwie auch als Therapie gesehen. Aber ich mach mir nichts vor: Wir beide waren aufeinander angewiesen, und der Vorteil war überwiegend auf meiner Seite.«

»Und gar so streng dürfte die Betreuung Ihrer Mitarbeiterin ja auch nicht ausgefallen sein, hab ich recht?«

»Es war eine Gratwanderung. Einerseits hat sie ganz einfach neue Beziehungen gebraucht, ungeachtet irgendwelcher Moralvorstellungen. Das war zu respektieren. Andererseits hat dabei in dieser Gegend natürlich fast immer auch das Trinken mitgespielt. Und im Prinzip sind wir dieses Problem bis zuletzt nicht losgeworden, obwohl wir es so ziemlich unter Kontrolle hatten.«

»Daher also die geleerte Flasche mit dem tödlichen Wein!«

»Ja. Wenn sie trinken wollte, hat sie immer eine Möglichkeit gefunden. Aber ich erzähle doch besser von Anfang an. Ihre neuen Bekannten waren damals ganz klar in zwei Gruppen geteilt. Die einen waren gestandene Mannsbilder, mit denen sie ihren Spaß haben konnte. Tiefergehende und dauerhafte Beziehungen sind daraus nie entstanden. Die anderen waren eher schräge Typen: labil, sensibel, ein wenig verrückt vielleicht, nicht selten zu Extremen neigend. Zu denen hat sich die Amalie ernsthaft hingezogen gefühlt.«

»Und Sie waren nicht gerade begeistert davon.«

»Ja und nein. Es ging ja um durchaus interessante Menschen. Auch waren es keine flüchtigen Abenteuer. Manche dieser wilden oder auch skurrilen Beziehungen haben bis in die jüngste Vergangenheit gehalten. Ich wollte der Amalie nie mit dem erhobenen Zeigefinger kommen, aber ihr doch die Sicherheit geben, in mir eine verläßliche Orientierungshilfe zu haben, oder auch handfeste Unterstützung im Notfall. Und natürlich mußte ich auch stets um den guten Ruf des Pfarrhauses besorgt sein.«

»Und wenn sie zum Beispiel wieder einmal mit dem Fürst Franzl ein paar Tage und Nächte durchgemacht hat?«

»Anfangs war mir das nicht einmal unrecht. Der Herr Fürst ist ja ein blitzgescheiter Kerl und ein guter Mensch, ohne Wenn und Aber. Doch mit den Jahren hat dann der Alkohol eine ungute Hauptrolle gespielt. Immerhin hat der Lehrer mit sich reden lassen, auch noch in der Zeit, als er sich selbst mehr und mehr aus den Händen verloren hat.«

»Und der Bruno Bartl?«

»Mein Gott, der! Der Bartl war auch schon vor zwanzig Jahren ein sanfter Wirrkopf, aber noch nicht so mitleiderregend wie heute, und auch ein recht origineller Gesprächspartner. Am Ende ist eine rührende, aber auch gefährliche Beziehung übriggeblieben. Die Amalie hat den Bartl mit Essen aus dem Pfarrhaus versorgt, und ihm ist es stets gelungen, irgendwo für sie ein paar Flaschen Wein zu erbetteln. Das Bild hättest sehen sollen, Simon! Die zwei, wie Philemon und Baucis unter einem Busch, satt, betrunken und schlafend. Dennoch habe ich das auf die Dauer nicht dulden können. Das heißt, ich wollte wenigstens die Zahl der Gelegenheiten verringern und habe den Bartl recht deutlich gebeten, nicht mehr ohne mein Wissen ins Pfarrhaus oder in den Pfarrgarten zu kommen. Ja und dann gibt es auch noch meinen ganz und gar unersetzlichen Mesner.«

»Der nicht sehr gut auf Sie zu sprechen ist, nicht wahr?«

»Weiß ich. Was ihn und die Amalie betrifft, habe ich dir ja schon Auskunft gegeben, Simon. Einerseits war er nicht der Mann, der ihr den Kopf hätte verdrehen können. Andererseits hat er es immer wieder geschafft, sie aus dem Gleichgewicht zu bringen, sogar ohne Hilfe von Alkohol. Dann konnte er sich als unentbehrliche Stütze in ihrem Leben präsentieren. Die Methode ist einfach: Man provoziert einen schrecklichen Katzenjammer und erweist sich später als verständnisvoller Zuhörer und einfühlsamer Tröster. Wie sich der Firmian überall wichtig macht, hat er es auch in dieser Beziehung getan.«

»Sie mögen ihn auch nicht besonders?«

»Stimmt. Was ich dir jetzt erzähle, Simon, hat auch mit der Rivalität zwischen Männern zu tun. Mir ist die Amalie in den zwei Jahrzehnten richtig ans Herz gewachsen, und nur väterlich war diese Zuneigung nicht. Wenn mich einer wirklich ärgern konnte, war es der Firmian Halbwidl. Ich habe mehr oder weniger diskret versucht, seinen Einfluß auf die Amalie zurückzudrängen. Als mir das nicht gelungen ist, habe ich mir eine kindische Trotzreaktion gestattet und dem Firmian als Mesner gekündigt.«

Polt hob überrascht den Kopf. »Wann war das?«

»Irgendwann im Frühsommer. Ich habe ihm ein halbes Jahr Zeit gegeben, sich nach einer anderen Arbeit umzuschauen. Hat ohnedies so gut wie nichts verdient bei mir. Dennoch habe ich Kostengründe vorgegeben.«

»Und er hat das so hingenommen?«

»Nein. Erst war er richtiggehend schockiert. Hat so getan, als wäre sein Leben sinnlos ohne dieses mehr als bescheidene Amt. Ein paar Wochen später ist er dann gekommen und hat vorgeschlagen, unentgeltlich weiter für mich zu arbeiten.«

»Und Ihre Antwort?«

»Ich habe abgelehnt. Mit einer Lüge, Simon. Es wäre moralisch für mich nicht vertretbar, ein solches Geschenk anzunehmen.«

»Und seine Reaktion?«

»Er hat mir auf den Kopf zugesagt, daß ich eifersüchtig sei. Und ich bin laut geworden.«

»Am Todestag der Amalie hat es doch auch ein – wie Sie sagten – *privates* Gespräch im Pfarrhaus gegeben?«

»Ja, das gab es. Halbwidl hat sich für seine Unterstellung von damals entschuldigt. Und ich habe ihm versprochen, meine Entscheidung noch einmal zu überdenken. Hat eigentlich recht versöhnlich geendet.«

»Und nach dem Todesfall?«

»Ich weiß nicht, Simon. Fast habe ich das Gefühl, daß mich der Firmian irgendwie dafür verantwortlich macht.«

»Wie auch der Bartl. Stimmt es übrigens, daß die Amalie weggehen wollte?«

Der Pfarrer starrte Polt überrascht an und senkte dann den Kopf. »Wo hast du denn das her, Simon? Na ja, gleichgültig. Es stimmt schon. Erst diese kindische Rangelei zwischen dem Mesner und mir, das Hausverbot für den Bartl und dann auch noch die Sache mit Heinz Hafner. Das war ihr zuviel. Die Amalie ist vor vielen Jahren zu mir ins Pfarrhaus gekommen, weil sie ihre Ruhe haben wollte, und damit war es nun gründlich vorbei. Ich hätte Verständnis dafür zeigen müssen. Aber ich war nur gekränkt und auch ziemlich wütend.«

»Wann war das?«

»Bald nach dem geplatzten Sonntagessen. Schon am Montag, um genau zu sein.«

»Haben Sie dann am Abend mit der Frauenrunde darüber geredet?«

»Ja. Die Damen haben mir geraten, daß ich es noch einmal im guten versuchen soll, mit einem besonderen Geschenk vielleicht.«

»Und weiter?«

Jetzt lächelte der Pfarrer. »Es gibt eben doch Gerechtigkeit auf dieser Welt, Simon. Der Mesner mußte einen Bußgang zum Pfarrer antreten, doch schon tags zuvor durfte die Köchin einen demütig bittenden Dienstgeber empfangen.«

»Und das Ergebnis?«

»Ich weiß nicht recht. Wir konnten wieder normal miteinander reden, aber irgend etwas war zerbrochen. Doch das ist ja nun bedeutungslos. Jetzt kann es nur noch darum gehen, aus all dem Unglück herauszukommen.«

»Es wäre besser für uns alle gewesen, wenn Sie mir die Geschichte schon früher erzählt hätten, Herr Pfarrer.«

»Ja. Ganz gewiß.«

»Warum sind Sie eigentlich gekommen?«

»Ich wollte dir die Arbeit leichter machen und mir das Herz. Außerdem habe ich eine Bitte.«

»Nur her damit!«

»Es geht nicht um mich. Aber die Amalie hat so tapfer an ihrem neuen Leben gearbeitet, daß ich für die Nachwelt ein freundliches Bild erhalten möchte, es muß ja nicht gefälscht sein, nur wohlwollend gemalt.«

Polt schmunzelte. »Diesen Wunsch teilen ein paar nunmehr honorige Wiesbachtaler, wenn auch aus weniger ehrenwerten Gründen.«

»Ah, so! Ich will dir noch eine kleine Geschichte erzählen, damit du verstehst, was für ein Mensch die Amalie war. Sie hat sich ja immer wieder ernsthaft bemüht, mit dem Trinken aufzuhören, und trockene Phasen gab es immer wieder. Einmal ist sie sogar zu mir gekommen und hat den feierlichen Schwur abgelegt, in den folgenden drei Monaten keinen Tropfen Wein zu trinken.«

»Und? Durchgehalten?«

»Dem Buchstaben nach ja. Aber sie hat den Wein mit Gelatine versetzt und ihn mit dem Löffel gegessen.«

»Eine Köchin weiß sich eben zu helfen.« Polt seufzte. »Ganz im Gegensatz zu einem Gendarmen. Sehen Sie ein Motiv für den Mord, Herr Pfarrer?«

Virgil Winter lächelte. »Darf ich dir die verletzte Seele eines im Stich gelassenen Pfarrers anbieten, Simon? Oder den Zorn eines heute verschmähten Liebhabers von früher? Und wenn wir schon offen miteinander reden: Vor Jahren hat es im Pfarrhof ein paar ziemlich dramatische Auftritte von betrogenen Ehefrauen und Freundinnen gegeben. Und Gift wird doch eher Frauen als Waffe zugeschrieben, nicht? Aber der Sturm von damals hat sich doch längst gelegt.«

»Oberflächlich, ja.«

Der Pfarrer legte den Kopf schief. »*Keine Glut, kein Feuer kann brennen so heiß wie heimliches Nachtlicht, von dem niemand was weiß.* Meinst du das, Simon?«

»Ja. Wir sind dabei, es zu überprüfen. Schön wär's, wenn ich mich besser auskennen würde mit den Frauen. Vielleicht war ich wirklich bisher auf der falschen Hochzeit. Noch was, Herr Pfarrer, Ihre Erbschaft. Haben Sie schon länger gewußt, daß Sie im Testament stehen?«

»Freilich. Nur die Höhe der Summe hat mich dann doch überrascht. Da wird es wohl wieder Gerede geben. Daß ich das Geld nicht für mich, sondern für die Pfarre verwenden werde, sei nur so nebenbei erwähnt. Ist doch selbstverständlich.«

»Eine leichtere Frage. Was ist mit Joseph I., Ihrem gestohlenen Hahn? Irgendeinen Verdacht?«

»Dem Fürst Franz wäre so etwas jederzeit zuzutrauen. Aber der hätte ihn wahrscheinlich gebraten und dann vor meine Haustür gelegt. Ich habe aber auch eine Frage, Simon, eine leichte, aber nicht ganz passende, nach diesem Gespräch.«

»Und die wäre?«

»Kann ich jetzt doch was zu trinken haben?«

In Firmians Keller

Als der Pfarrer gegangen war, rief Polt noch einmal bei Karin Walter an und war sehr froh darüber, ihre Stimme zu hören. »Du warst beim Fürst Franzl, nicht wahr?«

»Klar, Simon. Schon einmal wegen der Buttersäure.«

»Und?«

»Natürlich kennt er sich aus damit. Sogar die Formel hat er gewußt. Und du kennst ihn ja inzwischen. Ein anderer würde einfach sagen: Ehrenwort, Karin, ich war's nicht. Aber der Fürst Franzl hat natürlich Katz und Maus mit mir gespielt.«

»Und was meint die Maus?«

»Daß die Katz keine Krallen mehr hat. Außerdem trifft der Streich seine ehemaligen Kollegen und damit auch mich. Das kann er nicht gewollt haben.«

»Aber irgend jemand hatte einen Grund, euch was anzutun.«

»Uns oder den Leuten im Wiesbachtal überhaupt, wenn ich an die anderen Vorfälle denke. Aber lassen wir es dabei, Simon. Ich bin todmüde.«

»Ins Bett mit dir, Karin!«

»Wie du das sagst!«

»Väterlich.«

»Ach so.«

Auch Simon Polt war müde, doch nicht schläfrig. Er entschloß sich zu einem kleinen Spaziergang.

Die Fenster des Kirchenwirts waren schon dunkel. An einem Wochentag kamen abends kaum Gäste. Von der nahen Plakattafel schaute ein Landespolitiker hellwach, vertrauenerweckend und zukunftsorientiert auf die menschenleere Straße. Auf einem kleineren Anschlagbrett war der nächste Radwandertag angekündigt. Simon Polt freute sich schon darauf. Fast alle Wiesbachtaler würden mitmachen, auch sehr junge und ganz alte. An die dreißig

Kilometer waren zu bewältigen, zwischen Weingärten und durch Kellergassen. Zahlreiche Labestellen erquickten die Sportler so erfolgreich mit Grünem Veltliner und Blauem Portugieser, daß die anfangs dynamische Art der Fortbewegung mehr und mehr in geruhsames Gleiten überging, das auch vollends zum Stillstand kommen konnte, wenn eine Preßhaustür gar zu einladend offenstand. Und dann erst die Tombola, launig moderiert vom Präsidenten des Radsportvereins, der sich so nebenbei auch als Schulwart und Totengräber bewährte. Im vergangenen Jahr hatte Simon Polt ein Plastiktäfelchen mit der Aufschrift »Im Weine liegt Wahrheit« gewonnen.

Eine ziemlich makabre Weisheit, wenn er an den Tod der Pfarrersköchin dachte. Dennoch besserte sich seine Laune allmählich. Er schaute himmelwärts. Die wenigen Burgheimer Straßenlaternen überstrahlten die Sterne nicht und ließen den Mond leuchten, rund und voll, wie er war.

Als sich Polt dem Kriegerdenkmal näherte, stutzte er. Er begann zu laufen und sah dann deutlich eine menschliche Gestalt, die rittlings auf dem Löwen saß und eben dabei war, einen großen Damenhut mit einer Kinnschleife am steinernen Kopf des Tieres zu befestigen. Der Mann hörte Polts Schritte, erschrak und schaute auf den Gendarmen herab. Dieser hielt vorsichtshalber einen Fuß des Reiters fest. »Guten Abend, Herr Paratschek! Fasching ist aber schon lange vorbei!«

»Du lieber Himmel, jetzt bin ich dran! Darf ich absteigen?«

Polt ließ den Fuß los, und Paratschek, offensichtlich

angeheitert, ließ sich vom Löwen rutschen. »War nur so eine Schnapsidee, Inspektor. Die strammen Herren vom Kameradschaftsbund ärgern.«

»Haben die Ihnen was getan?«

»Darüber will ich jetzt nicht diskutieren. Nicht in meinem Zustand und schon gar nicht bei Vollmond.«

»Soll mir recht sein. Haben Sie einen Führerschein bei sich?«

Paratschek holte seine Brieftasche aus dem Sakko, suchte lange und gab Polt dann wortlos das abgegriffene Dokument.

»Morgen um zehn in der Wachstube, geht das?«

Paratschek nickte.

»Wo haben Sie denn den Hut her?«

»Den hat mir meine geschiedene Frau dagelassen, dafür hat sie meinen Hund, die Einbauküche und das Auto mitgenommen.«

Polt griff nach der zarten Kopfbedeckung. »Und jetzt sind Sie den Hut auch noch los. Bis morgen, also.«

Zu Hause angekommen, hängte er das gute Stück ins Vorzimmer. Dann gähnte er herzhaft und ging zu Bett.

Anderntags erstattete Polt seinem Vorgesetzten Bericht und erledigte Schreibtischarbeit, um die Zeit bis zehn Uhr zu überbrücken.

Peter Paratschek war pünktlich und lächelte nervös.

»Jetzt haben Sie das Phantom des Wiesbachtals, Inspektor.«

»Wie meinen Sie das?«

»Na ja. Nach meiner gestrigen Blödheit können Sie mir

alles in die Schuhe schieben, was in letzter Zeit hier so passiert ist. Ausgenommen den Mord an der Pfarrersköchin natürlich. Wird schwierig sein, mich damit in Verbindung zu bringen.«

»Aber Sie kommen doch aus Wien?«

»Ja, schon.«

»Und das *Schwarze Kameel* kennen Sie auch?«

»Selbstverständlich, ich bin Pressefotograf. Und wer sich Samstag vormittag dort nicht zeigt, ist nicht in der Szene.«

»Die Amalie Pröstler hat dort gekocht.«

»Um Himmels willen, ja. Wenn ich jetzt nachdenke, erinnere ich mich: Ich habe von ihr in der Zeitung gelesen. Muß an die zwanzig Jahre her sein.«

»Keine persönliche Bekanntschaft?«

»Ach wissen Sie, Inspektor, wer im *Kameel* in die Küche darf, hat die höheren Weihen. War mir nie gegönnt.«

»Und dann gibt's noch einen Zusammenhang. Sie haben eine Flasche 79er Cabernet Sauvignon vom Höllenbauern.«

Peter Paratschek wurde blaß. »Aber doch nur, weil der Heinz Hafner…«

»Reden Sie eigentlich noch mit Ihrer geschiedenen Frau?«

»Ja, seit ein paar Monaten wieder. Aber was soll die Frage?«

»Sie ist doch in der Frauenrunde und weiß im Pfarrhaus Bescheid. Auch was den Schlüssel zum Weinschrank betrifft.«

»Wird schon so sein.«

»Und dieser Hafner... was ist übrigens mit ihm? Wissen Sie, wo er sich aufhält?«

»Als ob mich der je ins Vertrauen gezogen hätte. Aber ich wäre glücklich, ihn hier zu haben!«

»Warum?«

»Weil er in den meisten Fällen glaubwürdig bestätigen kann, daß ich nicht hinter diesen Bosheitsakten stehe. So kann ich Sie vorerst nur bitten, mir zu glauben. Wegen dieser Sache mit der Feuerwehr wollte ich sogar Anzeige erstatten, bis mir der Heinz dann den Mund verboten hat. Sie erinnern sich?«

»Ja. Aber das sagt gar nichts.«

»Und was die Frau Pröstler angeht: Warum zum Teufel sollte ich... Gott im Himmel! Vorgestern war meine Welt noch in Ordnung.«

»Haben Sie die Flasche mit dem Rotwein noch?«

»Die ist längst ausgetrunken.«

»Pech für Sie. Und wie war das mit dem Löwen, gestern?«

»Ich bin Mitglied im Kameradschaftsbund, kein Funktionär, mehr geduldet als willkommen. Aber ich versuche mich einzubringen, wie das so schön heißt. Als der Plan aufgekommen ist, den Löwen schrägzustellen, war ich vehement dagegen. Irrsinnskosten ohne irgendeinen nachvollziehbaren Effekt.«

»Und Sie haben sich, wie man täglich sehen kann, nicht durchgesetzt.«

»Wenn die Herren wenigstens argumentiert hätten. Statt dessen: Der Herr Wiener! Besserwisser! Diskutiert man so?«

»Sie hätten es wahrscheinlich vorsichtiger angehen müssen. Aufdrängen lassen sich Leute hier gar nichts. Egal. Sie haben sich ja gerächt.«

»Bei Vollmond und schwer alkoholisiert.«

Polt strich sich über die Augen. Dann schaute er seinem Gegenüber ins Gesicht. »Es gibt zwei Möglichkeiten. Wenn Sie gelogen haben, sitzen Sie in der Tinte, und ich kann besser schlafen. Wenn nicht, werden wir wegen dieser Löwenschändung wohl beide Augen des Gesetzes zudrücken.«

»Ich habe nicht gelogen.«

»Das müssen wir erst herausfinden. Und reisen Sie um Himmels willen nicht auch noch ab, Herr Paratschek!«

Der Gendarm hatte dann ein langes Gespräch mit Harald Mank, der die Kollegen in Breitenfeld und Inspektor Kratky in Wien erst einmal telefonisch informierte. Dann machte sich Simon Polt unwillig daran, einen schriftlichen Bericht folgen zu lassen. Jetzt galt es, in Wien allfälligen Beziehungen zwischen Peter Paratschek und Amalie Pröstler nachzuspüren, und für die Gendarmen im Wiesbachtal blieb jede Menge Detailarbeit übrig.

Gegen Mittag bekam Polt einen Anruf von Halbwidl. Der Mesner schien sich etwas gefangen zu haben, seine Stimme klang nicht mehr ganz so resigniert. »Du, Simon, mir ist da so einiges durch den Kopf gegangen. Hast du Lust auf ein kleines Kellergespräch, heute abend?«

»Heute abend? Wenn's nicht zu lange dauert.«

»Nur so lange wir zwei wollen.«

»Also gut, Firmian.«

Gegen sechs kam der Gendarm zum Preßhaus des Mesners und sah die Tür offenstehen. Mit einem nachdenklichen Seitenblick auf die Kinosessel und die Erinnerungsstücke an der Wand gegenüber tauchte Polt aufatmend in die Kühle des kleinen Weinkellers. »Hallo, Firmian! Das ist der wahre Luxus. Andere Leute kaufen sich um teures Geld Klimaanlagen und kriegen alle möglichen Krankheiten davon.«

Firmian Halbwidl legte die Kreide beiseite, mit der er eben einen Faßboden beschriftet hatte. »So ist es, Simon. – Und jetzt sei einmal ganz ruhig.« Nach einigen Sekunden fuhr der Mesner fort. »Hast du es gemerkt? Stille, vollkommene Stille. Nicht einmal den Wind hörst du hier unten, nur den eigenen Atem. Sag mir: Wo findest du das heute noch? Und der nächste Luxusartikel in der Unterwelt«, er griff nach dem Weinheber, »Wein aus einem Faß, das im Keller seine heilige Ruhe hat.«

Mit gebotener Ehrfurcht sah Polt den Grauburgunder in die kleinen Kostgläser sprudeln. Er machte einen vorsichtigen Schluck. »Du wolltest mir was erzählen, Firmian?«

»Kommt schon, Simon. Lassen wir erst einmal diesen Tag in Ruhe ausklingen. Hast du das schon gesehen?« Er zeigte auf eine Inschrift im Löß. »Spiegelverkehrt! Im Winter war schon immer Zeit für solche Spielereien, früher noch mehr als heute. *J. P. 1902.* Keine Ahnung, wer das war.« Er zögerte. »Was ich sagen wollte: Daß die Sache mit der Köchin den Pfarrer schwer getroffen hat, muß einen nicht wundern. Aber, wie soll ich sagen… Na ja. Ich seh ihn ja doch öfter als andere. Der Mann ist nicht nur traurig, Simon. Der ist völlig durcheinander, so als würde er etwas wissen und um keinen Preis darüber reden wollen. Oder vielleicht drückt ihn auch eine geheime Schuld. Er hat die Amalie wirklich sehr gern gehabt, aber es könnte ja sein, daß er sich trotzdem aus irgendeinem Grund Vorwürfe macht.«

»Konkret?«

»Vielleicht ahnt er, wie die Amalie zur Flasche mit dem Giftwein gekommen ist.«

»Wie ist denn euer Verhältnis zueinander derzeit?«

»Daß er mich loswerden wollte, wirst du längst wissen, Simon. Er kann sich mein Salär nicht mehr leisten, hat er gesagt. Wahrscheinlich hat er es auch nicht gern gesehen, daß ich mich so um die Amalie bemüht habe. Na ja, und dann hat ein Wort das andere gegeben. Aber inzwischen schaut es so aus, als könnte ich Mesner bleiben. Seit dem Tag, an dem die Amalie gestorben ist, vertragen wir uns eigentlich wieder ganz gut miteinander. Aber noch etwas: Der Pfarrer hat immer darauf geachtet, daß sich niemand an seinem Wein vergreift. Und die Flasche mit dem 79er hat er bestimmt besonders sorgfältig verwahrt, weil sie ja noch dazu fünf Jahre liegenbleiben sollte. Wenn also jemand die Amalie umbringen wollte, hat der oder die wissen müssen, daß die Köchin aus der Flasche mit dem Giftwein trinken wird. Noch sicherer wär's gewesen, ihr unter irgendeinem Vorwand den Wein selbst zu überreichen. Für mich wär das zum Beispiel ganz einfach gewesen, Simon, zugleich aber unmöglich. Ich könnte einigen Leuten ohne große Bedenken was antun, aber nie im Leben der Amalie. Wer aber sonst, Simon? Da bleiben nicht viele übrig. Fast wahnsinnig könnt ich werden, wenn ich darüber nachdenke. *Du* möchtest einen Mörder finden. *Ich* möchte erfahren, warum die arme Amalie hat sterben müssen.«

»Ist da so ein großer Unterschied? Ich erzähl dir was. Ist nur so eine Vermutung. Bleibt unter uns, versprochen?«

»Versprochen.«

»Hast du gewußt, daß die Amalie drauf und dran war, den Pfarrhof zu verlassen?« Der Mesner stellte sein Glas so hastig auf den Tisch, daß der Wein überschwappte. »Nein! Und sie hätte es mir doch sagen können. Ich versteh's nicht. Wir waren so gut miteinander.«

»Wer kennt sich schon aus mit den Weibern. Na ja, jedenfalls hat der Pfarrer sogar in der Frauenrunde darüber gesprochen. Und es ist ihm geraten worden, die Köchin mit einem Geschenk zu versöhnen. Soviel steht fest.«

»Ich trau mich gar nicht weiterzudenken.«

»Ich tu's für dich. Es könnte immerhin sein, daß der Pfarrer auf die Idee kommt, den alten Rotwein herzuschenken, und daß die Frauenrunde davon weiß. Gut möglich, daß unter den Frauen die eine oder andere ist, die mit der Amalie eine Rechnung offen hat. Und jetzt hört sie, wie der von ihr so verehrte geistliche Herr beinahe die Fassung verliert, weil ihn seine Köchin verläßt. Sie erkennt, daß er die Amalie sehr gern hat oder sogar liebt. Frauen spüren so was, hab ich mir sagen lassen. Zur alten Eifersucht kommt also plötzlich ein neuer Schmerz.«

»Und sie gibt Gift in die Flasche oder tauscht sie mit einer aus, die sie zu Hause präpariert hat. Problem wär's keines. Aber tut das eine fromme Frau?«

»Frag mich was Leichteres. Ich werd noch einmal mit dem Pfarrer reden müssen. Eine andere Frage, Firmian. Kennst du den Peter Paratschek, den Wiener?«

»Den? Ich bin so ziemlich der einzige, der ihn noch in den Keller einlädt. Macht sich nicht gerade beliebt mit seiner Art. Vor ein paar Tagen erst war er hier und ist über den Kameradschaftsbund hergezogen.«

»Geht er am Sonntag in die Messe?«

»Früher hat er sogar die Fürbitten gelesen. Seit ein paar Jahren ist er ausgetreten, wegen der Kirchensteuer. Warum fragst du?«

»Nur so.«

»Komm mal mit. Ich laß dich was Besonderes kosten.«

In einem mit Ziegeln ausgemauerten Seitengang stand ein kleineres Faß. Der Mesner strich bedächtig mit der Hand darüber. »Da hab ich seit drei Jahren einen Blauburger drin. War schön kräftig, als ich ihn eingefüllt habe. Wollte wissen, wie er sich so entwickelt.« Firmian Halbwidl füllte erst den Weinheber, dann die Gläser. Feierlich hob er das seine. »Ordentlich dicht ist er.« Dann führte er das Glas zur Nase, zuckte zusammen und kostete rasch. Im nächsten Augenblick schmiß er das Glas gegen die Wand und wandte sich ab.

»Was ist, Firmian? Geht's dir nicht gut?«

»Der ist hin. Essigstich! Das gibt es nicht, das kommt nicht von selber. Nicht bei diesem Wein.« Der Mesner drehte sich um. Sein Gesicht hatte scharfe Konturen bekommen, die Lippen zitterten, er hatte den Finger von der Öffnung des Weinhebers genommen, sein rechtes Hosenbein glänzte naß. »Wer tut mir so was an, Simon?«

»Ein Essigstich sagst du? Bei einem Blauburger, drei Jahre im Faß und vor zwei Wochen noch in Ordnung? Da geb ich dem Halbwidl allerdings recht.« Der Höllenbauer saß am Küchentisch, Polt ihm gegenüber.

»Angenommen, jemand legt es darauf an, den Wein zu verderben – wie soll das funktionieren?«

»Ein halber Liter Essigsäure aus der Drogerie und fertig. Eine schwere Gemeinheit. Kann einem leid tun, unser Sakristeidirektor. Hat fast nichts zum Beißen, und dann auch noch das. Wie geht's weiter?«

»Die Kollegen von der Kriminalabteilung und auch die Weinbauschule haben Proben bekommen. Aber es wird schon stimmen, was du sagst.«

»Und wer den Wein vom Mesner ruiniert hat, wird auch den Giftsaft in den Wein gemischt haben, meinst du?«

»Ist doch irgendwie logisch.«

»Und warum das alles?«

»Manchmal mein ich, daß ich es lieber nicht wissen möchte.«

»Dann hast aber den falschen Beruf, Simon.«

»Sag ich mir auch. Alsdann. Gute Nacht, Ernstl. Wo sind übrigens deine Frau und die Kinder?«

»Beim Fernsehen.«

Simon Polt ging zu seiner Wohnung im rückwärtigen Teil des Hofes. Ob der Firmian noch immer in seinem Keller stand, in seinem nunmehr entweihten Königreich? Polt sperrte die Tür auf, streichelte gedankenverloren seinen Kater, fütterte ihn, setzte sich ans offene Fenster und dachte nach. Plötzlich spürte er einen bitteren Geschmack im Mund. Unwillig schüttelte er den Kopf, holte tief Atem und stand auf. Er ging nach draußen, in den Hof. Das Licht aus dem Fenster fiel auf Sträucher, hohes Gras und Unkraut. Der alte Höllenbauer hatte hier einen kleinen Gemüsegarten gepflegt, bis er vor ein paar Jahren gestorben war. Simon Polt ließ alles verwildern, und es gefiel ihm gut so. Grillen zirpten, oder waren es Heuschrecken? Irgendwo raschelte ein Igel im Laub.

Dann hörte Polt Schritte von der Hoftür her. Gleich darauf erkannte er Karin Walter. Sie kam langsam näher, bewegte sich anders als sonst. Eine Armeslänge von Polt entfernt blieb sie stehen.

»Karin! Was ist?« Er schaute in ein vertrautes, fremdes Gesicht.

»Tot ist er.« Die Stimme der Lehrerin klang dünn. »Dr. Eichhorn und deine Kollegen sind bei ihm, ich habe meine Aussage gemacht. Du brauchst nichts zu tun, Simon.«

Polt streckte seine Hand nach Karin Walter aus, sie wich zurück. »Laß mich. Ich geh dann.«

»Ich laß dich nicht. Und du bleibst.«

»Ich weiß nicht.«

»Komm ins Haus, Liebes, bitte!«

Zögernd ging sie auf die helle Türöffnung zu, Polt folgte ihr. »Wie wär's mit der Sitzbank? Schäbig, aber gemütlich.«

Karin nahm schweigend Platz und drückte sich in eine Ecke, als wollte sie sich verkriechen. Polt war hinter sie getreten und legte seine Hände auf ihre Schultern. »Wenigstens für ihn ist Schluß mit der Quälerei.«

Karin nickte. Dann spürte Polt ein Zittern. Sie griff nach seiner rechten Hand. »Komm, du. Setz dich zu mir.«

»Erzähl, Karin. Oder geht das nicht?«

»Doch, ja. Ich habe den Franz besuchen wollen, heute abend. Auf seiner Wiese war er nicht, auch nicht im Keller oder im Preßhaus. Ich habe ihn dann in der Hütte über dem Dach gefunden, Neben seinem Alter ego, diesem Papiergerippe, du weißt. Ganz friedlich und entspannt ist er dagelegen, ein paar leere Flaschen neben sich. Gehirnschlag, aller Wahrscheinlichkeit nach, sagt der Dr. Eichhorn.«

Jetzt erst bemerkte Polt, daß Karin ihre linke Hand zur Faust geballt hatte. »Was hast du denn da?«

»Geht dich nichts an!«

»Glaub ich schon.« Vorsichtig, aber energisch bog Polt Karins Finger auseinander und hielt dann ein zusammengeknülltes Stück dünnen Kartons in der Hand.

»Eine Spielkarte. Pik Dame, so etwas wie sein Idol«, erklärte die Lehrerin resignierend. »Er hat sie immer bei sich getragen und die wildesten Dinge hineininterpretiert.«

»Und warum hast du sie mitgenommen?«

»Weil etwas draufsteht. Lies selbst.«

Polt glättete die Karte. »›Ich war es‹«, las er halblaut. »Die Handschrift vom Franz, nicht wahr?«

»Ja. Und der Text kann alles oder nichts bedeuten, Simon. Vielleicht war's die letzte von seinen Gedankenspielereien oder ein Hinweis darauf, daß er sich seinen Tod selbst zuzuschreiben hat.«

»Oder eben mehr. Ein Universalgeständnis, so unwahrscheinlich mir das auch vorkommt. Aber vielleicht wollte er damit jemand decken? Du hast jedenfalls wichtiges Beweismaterial verschwinden lassen, Karin.«

»Ja, hab ich. Sehr schlimm?«

»Sehr schlimm. Und wahrscheinlich das Klügste, was du hast tun können. Nicht auszudenken, was unserem Herrn Kratky zu einem solchen Dokument alles einfallen könnte.«

»Und wohin jetzt damit?«

Polt steckte die Karte in seine Hemdtasche. »In halbamtliche Verwahrung. Wenn es notwendig werden sollte, finde ich sie eben irgendwo.«

»Na, ich kenn Leute!«

»Nicht wahr? Und jetzt denken wir einmal ganz feierlich darüber nach, was sich der Franz von uns wünschen könnte.«

»Ganz bestimmt, daß wir ihn nicht nur so sehen, wie er in den letzten Jahren war, Simon.«

»Da mußt du mir helfen, Karin. Laß hören!«

»Na, vieles weiß ja auch ich nur von Kollegen. Stell dir einen idealistischen jungen Mann vor, der sogar einmal Pfarrer werden wollte. Den Lehrberuf hat er aber um nichts weniger ernstgenommen. Pestalozzi war sein großes Vorbild. Autorität war ihm zuwider, die hat er aber auch nie gebraucht, weil ihn seine Schulkinder geliebt und verehrt haben. Ganz im Gegensatz übrigens zu manchen Vorgesetzten. In meinen Augen ein Lehrer ohne Fehl und Tadel, Simon.«

»Aber doch recht unkonventionell, alles in allem.«

»Natürlich. Eigentlich war er auch schon in seiner überkorrekten Zeit ein lupenreiner Exzentriker. Eine bürgerliche Erscheinung mit einem Hang zur Anarchie. Auf der einen Seite zum Beispiel sein Frühstückszeremoniell mit Kerzenlicht und klassischer Musik vom Plattenspieler, auf der anderen oft ziemlich rüde Scherze. Stan Laurel und Oliver Hardy waren nicht von ungefähr seine Lieblingsschauspieler. Einmal hat der Direktor angeordnet, eine uralte ausgestopfte Kröte endlich wegzuwerfen. Der Franz hat sie mit Schwarzpulver gefüllt und im Kollegenkreis feierlich gesprengt. Und dann hat er wieder von seinem mageren Gehalt für die Schule einen Fernseher gekauft, Fahrräder und sogar einen vw-Bus. Wo Liebe rechnet, da wird sie arm, hat er gerne und oft Shakespeare zitiert.«

Polt überlegte. »Jaja. Und dann hör ich ihn noch sagen, ausnahmsweise autoritär: Nach meinem Tod sollen meine Freunde essen und trinken und mich gefälligst hochleben lassen!«

»Meinst du wirklich? Ich glaube nicht, daß ich einen Bissen hinunterbringe. Andererseits: Recht hast du, das könnt schon zu ihm passen.«

Polt war aufgestanden. »Na also. Wir fressen uns einfach durch den Junggesellenkühlschrank. Was haben wir da Schönes? Butterkäse und Essiggurkerl, Selchfleisch und Sardellenringerl, Knoblauchwurst und Bienenhonig, Holundersaft von der Frau Kurzbacher, Speck von der Frau Höllenbauer, Brombeermarmelade von der Frau Hahn und Quittengelee von der Karin Walter.«

»Ganz schöner Harem, der dich da beliefert!«

»Man tut, was man kann. Rotwein ist auch noch da.«

»Soll ich helfen?«

»Das wär ja noch schöner. Weiberwirtschaft wird hier nicht geduldet.«

»Soso. Und wie kommt dann dieser merkwürdige Damenhut ins Vorzimmer?«

»Hast du ihn also doch gesehen.« Polt erzählte von der nächtlichen Verunstaltung des steinernen Löwen, dann aber auch von Amalie Pröstler und der Teufelsbuche auf dem Grünberg, von den Vermutungen, die er hegte, und von der Angst, die ihn nachts nicht mehr recht schlafen ließ und ihn tagsüber vor sich her trieb.

Karin Walter legte eine Hand auf Polts Knie. »Einen schönen Beruf hast du dir da ausgesucht.«

»Das wird schon wieder, Karin. Lange kann's nicht mehr dauern und es ist wieder ruhig im Wiesbachtal, so oder so. Übrigens hätte ich jetzt ganz gerne meinen Kinderglauben wieder.«

»Warum?«

»Weil sich dann der Franz Fürst und die Amalie Pröstler auf einer sündhaft rosaroten Wolke tummeln würden und ihren himmlischen Spaß daran hätten.«

»Wer weiß? Vielleicht haben sie?« Die Lehrerin gähnte. »Simon?«

»Ja?«

»Ich bin nur noch müde.«

Bald darauf war Karin eingeschlafen. Polt umfing sie schützend mit den Armen und wäre am liebsten bis ans Ende seiner Tage so dagesessen. Doch dann beschloß er, daß sich die Lehrerin ordentlich ausruhen sollte, hob sie vorsichtig hoch und trug sie zu seinem Bett. Da lag sie denn, und Polt betrachtete sie scheu, als täte er etwas Verbotenes. Er knipste das Licht aus, suchte tastend seine Betthälfte, legte sich vorsichtig hin und schloß die Augen.

Mitten in der Nacht wachte er auf, erschrak erst ein wenig, dann aber fiel ihm ein, daß es nur Karins Finger sein konnten, die sich an seinen Hemdknöpfen zu schaffen machten. Er konnte ihren Atem im Gesicht spüren.

»Schläfst du immer so, Simon? Ich meine, so angezogen?«

»Nein, nicht immer.«

Gegen sieben Uhr früh wurde er sanft wachgerüttelt und blinzelte zu Karin hinauf.

»Simon, Lieber, das Leben geht weiter. Bedenke, daß eine pädagogisch wertvolle Person bei dir übernachtet hat.«

Polt lächelte. »Wem sagst du das.«

»Jedenfalls muß ich zum Unterricht. Entschuldige, daß ich mich ohne zu fragen in deinem Badezimmer umgetan hab. Ich wollte dich so lange wie möglich schlafen lassen. Übrigens brauchst du eine neue Zahnbürste. Und deine Hose hat einen Fettfleck hinten. Das Frühstück steht auf dem Tisch. Ich hoffe, du magst es so.«

Als Karin gegangen war, blieb Polt noch eine Weile liegen und versuchte in jene Wirklichkeit zurückzufinden, die für ihn gestern noch alltäglich gewesen war. Dann stand er auf und betrachtete sein verschlafenes Gesicht im Spiegel. »Mit so einem geht man doch nicht ins Bett« murmelte er und fügte heiter hinzu: »War auch nicht der Fall. Ich hab sie ja getragen.«

Herrenbesuch

Simon Polt ertappte sich dabei, daß er den von Karin Walter liebevoll gedeckten Frühstückstisch nicht nur gerührt ins Auge faßte. Er rückte auch dies und jenes zurecht, bis die vertraute Ordnung wiederhergestellt war.

Nach dem Frühstück war es höchste Zeit für den kurzen Weg ins Wachzimmer. Dort schaute ihm Harald Mank, der gerade mit Ernst Holzer Kaffee trank, erstaunt entgegen. »Grüß dich, Simon! Was treibt dich zu uns, so früh am Morgen?«

»Mein Pflichtbewußtsein. Dienst ist Dienst.«

Harald Mank grinste niederträchtig. »Und eben dieser beginnt für dich heute erst am Abend. Was hat dich denn derart verwirrt, Simon? Darf ich raten? Na, ich tu's besser nicht.« Dann wurde Mank ernst. »Der Fürst Franzl hat's geschafft. Du wirst es ja wissen.«

»Ja. Gibt es irgendwelche offenen Fragen?«

»Nein. Ein klassischer Fall von zu Tode gesoffen, um es einmal pietätlos auszudrücken. Jetzt wär's natürlich angenehm, wenn wir ihm diese üblen Streiche der letzten Zeit in die Schuhe schieben könnten. Und seine Beziehung zur Pfarrersköchin war ja auch recht fragwürdig.«

»Fragwürdig? Die zwei haben sich einfach gut verstanden.«

»So kann man es natürlich auch nennen. Vielleicht hat er sie dem Herrn Pfarrer nicht mehr gegönnt?«

Polt fühlte Wut in sich hochsteigen. »Es fällt dir ziemlich leicht, dem besten Lehrer, den es hier je gegeben hat, alles Schlechte zuzutrauen, wie?«

»Menschen ändern sich, Simon.«

»Aber nur äußerlich. Und jetzt bin ich grantig und geh.«

»War nicht so gemeint.«

»Hoffentlich.«

Rechtzeitig besann sich Simon Polt darauf, daß er eigentlich glücklich war. Karin, ein eigenes Preßhaus, mehr konnte er sich gar nicht wünschen. Er beschloß also, diesen Tag, den er sonst ja doch nur verschlafen und vertrödelt hätte, festlich zu begehen.

Die letzte Zeit über hatte er fast schon vergessen, daß er nunmehr Haus und Boden besaß. Von wegen! Polts verbrieftes Eigentum maß kaum sechzig Quadratmeter und endete mit der Dachtraufe. Die Bäume und Büsche rund um das Preßhaus standen auf Gemeindegrund. Aber sie gehörten ihm ja trotzdem, so irgendwie wenigstens.

Als er dann in der kleinen Lichtung vor seinem Preßhaus stand, kam unversehens die Freude über ihn. Er machte einen Luftsprung und stieß einen urtümlichen Schrei aus. Dann ging er zum Fahrrad, nahm einen braunen Papiersack vom Gepäckträger, öffnete behutsam die morsche Kellertür und legte sein Mittagsmahl ins Kühle. Wieder im Tageslicht, ging er ins Preßhaus und schaute sich gemächlich um. Gleich neben der Tür stand eine große Blechtonne. Ignaz Reiter hatte das Problem der Wasserversorgung offensichtlich sehr klug gelöst: Das Abflußrohr der Dachrinne war durch die Wand ins Haus geleitet, wo eine Regentonne stand.

Möbel, bäuerliches Gerät und andere Sammelstücke füllten den Raum derart, daß Polt nur wenige Schritte tun konnte. Im Dachgebälk stand ein Lastschlitten, daneben lagen große hölzerne Rechen. Die Wände waren über und über von Bildern bedeckt. Da gab es alte Ansichtskarten, Kunstdrucke mit Bibelszenen, ein großes Bild, das Kaiser Franz Joseph zeigte, das Foto einer Tänzerin im Tüllkleid mit aufreizend nackten Schultern, Filmplakate und Seiten aus Kinderbüchern, manche davon mit Buntstift ausgemalt. Auf einer kleinen Schiefertafel stand mit Kreide *Einschlag 7. Aug.* geschrieben. An diesem Tag also hatte Ignaz Reiter seine Fässer zum letzten Mal geschwefelt.

Polt, der eben einen geschnitzten Vogel von der Wand genommen hatte und ihn vom ärgsten Staub befreite, horchte auf, als er von der Kellergasse her ein Motorgeräusch hörte, das ihm verteufelt bekannt vorkam: ein verhaltenes, aber kraftvolles Grollen und Grummeln.

Rasch legte er den Vogel beiseite, trat ins Freie und stand nach ein paar Schritten vor einem tiefschwarzen Roadster, gelenkt von Heinz Hafner. »Mein lieber Inspektor Polt! Welch angenehmes Wiedersehen.«

Der Gendarm starrte ihn sprachlos an.

»Es ist nicht immer leicht, die richtigen Worte zu finden. Kenn ich von mir.« Hafner stieg aus und streckte sich. »An die tausend Kilometer seit Mitternacht. Das geht in die Knochen, und sehr wahrscheinlich habe ich Schwielen am Arsch. Ihr Chef war so freundlich, mir zu sagen, wo ich Sie finden könnte.«

»Wo zum Teufel waren Sie denn? Was haben Sie getrieben, die ganze Zeit über?«

»Mit Freund Pietro Montanari den Oliven beim Reifen

zugeschaut. Mörderisch roten Raboso getrunken und in Bologna in der Basilika San Petronio ein Kerzlein für die arme Amy Pröstler entzündet. – Ist das Ihr Preßhaus?«

»Ja, von hinten.«

»Dann wollen wir doch gleich einmal die Vorderansicht genießen.« Polt ging voran, Hafner war so dicht hinter ihm, daß der Gendarm sein Rasierwasser riechen konnte. Auf der Lichtung drehte sich der Besucher leichtfüßig im Kreis, schaute dann neugierig zur Kellertür hinunter und stieß einen Seufzer aus. »Sehr schön, wirklich, sehr, sehr schön.« Er näherte sich der Preßhaustür. »Ist es gestattet?«

»Warum nicht?«

Hafner trat ein und blieb stehen, als sei er gegen eine Wand gerannt.

Polt war ihm gefolgt. »Was ist?«

»Was soll sein? Ich bin überwältigt!« Dann löste sich seine Starre, und er begann, das Preßhaus zu durchstöbern. Dabei erinnerte er Polt an Czernohorsky, wie er als ganz junges Kätzchen mit unermüdlicher Neugier seinen neuen Lebensraum erforscht hatte. Hafner trat dicht an das Kaiserbildnis heran. »Haben Sie das schon gesehen, Herr Polt? Eine Notiz, mit dem guten, alten Tintenblei geschrieben: *12. Mai 1918. Wieder an die Front. Ignaz Reiter.* Wer war das? Ein früherer Eigentümer?«

»Ja, vor ein paar Jahren noch. Ist sechsundneunzig Jahre alt geworden. Zwei Weltkriege in einem Leben. Das ist schon was.«

»Kaum vorstellbar.« Hafner schaute Polt ernst ins Gesicht. »Ich habe viel Geld, und Sie sind reich, mein Lieber. Gratulation.«

»Wir müssen noch reden, Herr Hafner.«

»Ich weiß. Eine Frage zuvor. Ich bin schrecklich hungrig. Haben Sie irgendwas zu essen für mich?«

»Im Keller liegen drei Wurstsemmeln und zwei Flaschen Bier. Das können wir teilen.«

»Danke!«

Polt holte den Papiersack und deutete auf die steinerne Bank im Schatten. »Recht so?«

»Elysisch, mein Lieber.«

Der Gendarm packte die Semmeln aus. »Gläser gibt's keine. Trinken wir eben aus der Flasche.«

Hafner griff in die Hosentasche. »Darf ich mein neuestes High-Tech-Gerät einsetzen? Ein Schweizer Taschenmesser. Zeigt Uhrzeit, Datum, Höhe und Temperatur an. Einen Stoppelzieher und einen Bieröffner gibt es auch.«

Schweigend aßen und tranken die beiden.

Dann lehnte sich Hafner zurück. »Vier Hauben. Idealnote, bisher noch nie vergeben.«

»Und was noch?«

»Sie sprechen meine plötzliche Abreise an? Feigheit, Bequemlichkeit oder eine Kombination aus beidem. Ich habe eine Menge Unannehmlichkeiten auf mich zukommen sehen und wollte die Zahl der Gespräche mit diesem Herrn Inspektor aus Wien möglichst reduzieren. Wie heißt er doch gleich?«

»Kratky.«

»Ja richtig. Vergesse ich immer wieder gern. Dabei habe ich erst vor kurzem mit ihm telefoniert. Die Sache ist so: Er hat mit dem Verdacht natürlich recht, daß ich der Autor dieser übelmeinenden Kritiken war.«

»Dann haben Sie also mit voller Absicht die Frau Pröstler beruflich unmöglich gemacht?«

»Mehr noch. Ich bin zu einem guten Teil daran schuld, daß sie den Halt verloren und zu trinken angefangen hat. Ich war dreiundzwanzig damals. Unerträglich eingebildet. Heute spiele ich den Menschenverächter, damals war ich einer.«

»Und weiter?«

»Daß ich mit ihrem Tod unmittelbar nichts zu tun habe, wird sich herausstellen. Lieber Herr Inspektor, ich werde das bittere Ende unter Ihren Augen hier im schönen Wiesbachtal abwarten. Irgendwie geht's mir auch darum, ein sehr blamables Kapitel in meiner Biographie mit Anstand abzuschließen, soweit das überhaupt noch möglich ist. Eine andere Frage: Wie geht's der Grete Hahn?«

»Nicht gut.« Hafner senkte den Kopf. »Ist doch was dran, an der viel zu oft zitierten unerträglichen Leichtigkeit des Seins. Inspektor Kratky hat mir übrigens versprochen, mein Pseudonym von damals nach Möglichkeit pfleglich zu behandeln.«

»Schön für Sie. Eine Frage noch. Sie erinnern sich bestimmt an das Feuer im Zeughaus und an dieses vorhergehende – äh – Vorkommnis?«

»An den Scheißhaufen vor dem Gemeindeamt? Ich denke immer wieder gern daran.«

»Ihr Freund Peter Paratschek hat sich da verdächtig gemacht, und er meint, Sie könnten ihn entlasten.«

»Entlasten? Diese Laus? Ich wüßte nicht wie und erst recht nicht warum. Aber darf ich erfahren, wie Sie auf ihn kommen?«

»Er hat nachts dem Löwen vom Kriegerdenkmal einen Damenhut aufgesetzt.«

»Nicht schlecht. Diese Idee ist aber mit Sicherheit nicht von ihm. So originell war der nie.« Hafner schaute zur Kellergasse hin. »Da biegt ein Fahrrad ein, Herr Polt. Wir bekommen Damenbesuch.«

Der Gendarm war aufgesprungen. »Karin! Herzlich willkommen hier!«

Auch Hafner hatte sich erhoben. »Ich bin zwar ein Lümmel, aber ich weiß, wenn ich störe. Adieu!«

Karin schaute ihm nach. »Ich denke, der ist nicht auffindbar?«

»War er auch nicht bis vor kurzem. Aber das ist jetzt unwichtig. Darf ich zur Besichtigung bitten? Das Preßhaus kennst du ja schon von früher.«

»Nicht wirklich. Es war nicht deines, damals. Komm, gehen wir!«

Als die beiden im Keller angelangt waren, schaute sich Karin ein wenig ängstlich um. »Und du bist ganz sicher, daß die Gewölbe halten?«

»Ein paar hundert Jahre lang ist nichts passiert.«

»Beruhigend. Verheiratet war dieser Ignaz Reiter nicht. Hab ich recht?«

»Wie kommst du darauf?«

»Das Chaos im Preßhaus.«

»Ist nicht Frauensache, Karin.«

»Soso.«

Polt drückte der Lehrerin sein Taschenmesser in die Hand. »Du mußt dich eintragen, im Löß, da, neben mir.«

Karin kratzte ein *K* in die Kellerwand. »Das genügt. Da hast du wenigstens keine Probleme, wenn du mit anderen Weibern hier herunten bist.« Sie schaute Polt nachdenklich an. »Jetzt muß ich dich also mit einem Kater und einem Weinkeller teilen.«

»Sehr kompliziert, Karin?«

»Ja«, sagte sie und gab Polt das Messer zurück, »ja, sehr.«

Schuld und Sühne

Als der Gendarm seinen Nachtdienst antrat, war Harald Mank gerade am Gehen. »Hat dich der Hafner gefunden, Simon?«

»Hat er. Viel klüger sind wir durch seine Rückkehr nicht geworden. Gibt's Neuigkeiten? Zum Beispiel das verdorbene Weinfaß vom Firmian betreffend?«

»Nicht viel. Außer diesem Peter Paratschek waren in der fraglichen Zeit noch Bruno Bartl und Franz Fürst im Keller vom Mesner. Der Halbwidl kann sich seine Gäste nicht aussuchen, sonst kommt gar keiner mehr.«

»Und die Essigsäure?«

»Die nächste Drogerie ist in Breitenfeld. Unsere Kollegen haben nachgefragt. Dort kann man sich nur daran erinnern, daß unsere Pfarrersköchin manchmal größere Mengen eingekauft hat, wahrscheinlich zum Einlegen. Aber unser verehrter Herr Pfarrer wird doch nicht auf den Wein von seinem Mesner losgehen.«

»Kaum. Schönen Abend noch, Harald!«

»Schön sagst du? Ich darf meine Frau zu einem Vortrag ins Gemeindezentrum begleiten.«

»Thema?«

»Mein Mann wird sechzig. Was nun?«

Mank schloß die Tür etwas nachdrücklicher als gewöhnlich. Inspektor Zlabinger schaute ihm grinsend nach. »Die Freuden der Ehe, was, Simon?«

»Da kann ich nicht mitreden.«

»Irgendwann vielleicht ja doch?«

»Fällt dir kein gescheiteres Thema ein? Fußball, vielleicht, oder…« Polt wurde vom Telefon unterbrochen.

»Gendarmerieposten Burgheim!«

»Franz Greisinger spricht. Bist du es, Simon? Es wär vielleicht kein Nachteil, wenn du einen Sprung ins Wirtshaus kommst. Dicke Luft im Kameradschaftsbund. Und der Paratschek hat eine Schußwaffe gezogen. Ich hab sie kurzerhand abserviert.«

»Du bist ein Wirt nach meinem Geschmack, Franz, ich bin gleich da.«

Polt wandte sich an Zlabinger. »Die paar Schritte geh ich zu Fuß, und Unterstützung werd ich bei den alten Knackern auch keine brauchen. Bis bald!«

Der Kirchenwirt stand hinter der Schank und füllte Biergläser. *»Die brave Polizei eilt wie gewöhnlich schnell herbei.* Wilhelm Busch. Hab ich mir noch aus der Hauptschule gemerkt.«

»Nur die Gendarmerie kommt nie, reimt sich auch, nicht wahr? Und was ist jetzt?«

»Die sitzen im Extrazimmer. Außerordentliche Generalversammlung! Erst haben's laut geredet, dann geschrien, und dann seh ich, wie der Paratschek die da auf den Tisch knallt.« Der Wirt nahm mit spitzen Fingern die Waffe und gab sie Polt.

»Danke, Franz. Ich geh jetzt hinein.« Im Extrazimmer sah sich der Gendarm zwölf älteren Herren im Sonntagsanzug gegenüber. Sepp Räuschl wandte ihm sein dunkelrotes Gesicht zu. »Herr Inspektor Polt! Gendarmerie hätten wir keine gebraucht.«

»Wer weiß?« Polt nahm Platz. »Was war denn los, Herr Räuschl?«

»Die Tante vom Dirninger Alois hat euch zwei beim Kriegerdenkmal beobachtet, in der Nacht, Sie wissen schon. Sie hat sich gleich gedacht, daß der Skandal vertuscht werden wird.«

»Warum hat sie das gedacht?«

»Weil die doch immer unter einer Decke stecken.«

»Von wem ist die Rede?«

»Von den Machthabern, von wem sonst? Politik, Gendarmerie, Presse.« Sepp Räuschl warf Paratschek einen giftigen Blick zu. »Die reinste Verschwörung!«

»Wird schon stimmen. Und weiter?«

»Als Obmann habe ich in einem solchen Fall natürlich aktiv werden müssen. Darum sitzen wir da. Ich habe einleitend also den Fall dargelegt.«

Paratschek hob wütend den Kopf. »Gift und Galle hast du gespuckt!«

»Hätt ich mich vielleicht nicht ärgern sollen über so ein ehrloses Verhalten? Und dann ist eben diskutiert worden.«

»Herumgeschrien.«

»Mach uns nur schlecht vor der Gendarmerie, das paßt ja zu dir. Die Mitgliedschaft wurde jedenfalls aberkannt.«

»Ich pfeif drauf!«

»Jaja, wie überall! Bist du noch im Dorfverschönerungsverein? Nein. Und wie lang warst du beim FC Brunndorf? Zwei Wochen! Und aus der Feuerwehr bist du geflogen, weil du deinen Helm nicht gefunden hast. Bei einem Gefahreneinsatz!«

»Der Helm ist versteckt worden. Schöne Kameradschaft!«

»Schluß jetzt.« Polt legte Räuschl eine Hand auf den Unterarm. »Und wie war das mit der Waffe?«

»Na, auf einmal hat der Paratschek zu schimpfen angefangen. Daß wir nur unsere gestrigen Geschichten aufwärmen können, hat er gesagt, und daß er der einzige ist, der noch mit der Waffe in der Hand seinen Mann stellt. Und dann hat er die Pistole auf den Tisch geknallt. Stimmt's?«

Paratschek nickte. »Stimmt. Ich habe natürlich einen Waffenschein, Inspektor. Pressefotograf ist kein ganz ungefährlicher Beruf, und ich bin ja immer noch tätig.«

Polt schaute skeptisch. »Für das *Illustrierte Heimatblatt,* oder was?«

Sepp Räuschl war ruhiger geworden und betrachtete Paratschek nachdenklich. »Einen Waffenschein hast? Vielleicht könnten wir dich ja doch noch brauchen, als Saalschutz.«

Polt lachte. »Und wer will euch was tun?«

»Na ja, Pazifisten vielleicht?«

Der Gendarm war aufgestanden. »Kommen S' mit in die Gaststube, Herr Paratschek, da können wir noch in Ruhe ein paar Worte reden.« Polt schaute Räuschl an. »Und der Herr Obmann wird die außerordentliche Generalversammlung bald einmal statutengemäß beenden, nicht wahr?«

In der Gaststube faßte Polt erst den Waffenschein und dann dessen Inhaber ins Auge. »Sie sind ein Depp.«

Keine Antwort.

»Ich muß noch mit meinem Vorgesetzten reden. Aber es wurde ja niemand bedroht mit der Waffe. Sie werden das gute Stück demnächst im Wachzimmer abholen können. Aber wir behalten Sie im Auge, Herr Paratschek, nicht nur deswegen. Übrigens ist der Hafner wieder da, und ich habe mit ihm geredet. Der weiß nichts, was Ihnen helfen könnte.«

»Sieht ihm ähnlich.«

»Noch was. Sie waren doch neulich im Keller vom Halbwidl?«

»Ja, war ich. Am Abend, bevor die Sache mit dem Löwen passiert ist.«

»Haben Sie auch vom dreijährigen Blauburger gekostet?«

»Sie meinen aus dem kleineren Faß links hinten?«

»Genau.«

»Ja, den haben wir probiert, und nicht nur einmal.«

»Also war der Wein in Ordnung.«

»Warum nicht?«

»Schon gut. Wie vertragen Sie sich denn mit unserem Sakristeidirektor?«

»Gar nicht so schlecht. Mit dem kann man wenigstens

reden.« Paratschek schaute zum Extrazimmer hin. »Anders als mit den Holzköpfen da drin!«

»Jetzt fangen Sie nicht schon wieder an!«

»Ist schon gut…«

Simon Polt hob grüßend die Hand. »Vielen Dank für den Assistenzeinsatz, Franzgreis!«

»Keine Ursache.«

Der Gendarm nützte den Rückweg zum Wachzimmer für eine kleine Runde durch Burgheim. Als Polt das Pfarramt erreichte, bemerkte er, daß ein Fenster im Erdgeschoß hell war, die Kanzlei, wenn er sich recht erinnerte. Polt warf einen Blick hinein und sah Virgil Winter am Schreibtisch sitzen. Der Pfarrer bemerkte den Gendarmen, stand auf und öffnete das Fenster. »Simon Polt! Ich wollte ohnedies mit dir reden. Läßt sich das machen?«

Polt nickte, und der Pfarrer sperrte für ihn die Tür auf. »Komm zur Sitzgruppe, da ist es gemütlicher. Dieser Heinz Hafner war bei mir, sozusagen zur Beichte. Nicht formell, natürlich, aber auf seine Art bereut er, was er der Amalie angetan hat. Seltsamer Mensch.«

»Ja, allerdings.«

»Und wer nimmt mir die Beichte ab, Simon?«

»Wie war denn das gemeint?«

»Wie ich es sage. Je mehr ich darüber nachdenke, desto klarer sehe ich meine Schuld. Selbstgerechtigkeit, Simon. Das wiegt ganz schön schwer.«

»Ich versteh nicht.«

»Also eins nach dem anderen. Als die Amalie zu mir gekommen ist, war ich noch recht locker, ziemlich jung, gute Nerven. Aber schon damals habe ich Schicksal gespielt, wenn auch mit leichter Hand. Sie hatte nie die Möglichkeit, wirklich ihr eigenes Leben zu führen. Und ich war dabei ganz stolz auf meine tolerante Haltung und mein Verständnis für ihre Schwächen. In Wirklichkeit habe ich unauffällig dafür gesorgt, daß sie mir so halbwegs unbeschädigt erhalten geblieben ist.«

»Etwas in der Art haben Sie schon angedeutet. Aber sind Sie da nicht sehr hart zu sich?«

»Nichts da, Simon. Es ist höchste Zeit, es deutlich zu erkennen. Und was den Umgang mit ihren Freunden betrifft: Zwischen dem Franz Fürst und mir gab es nur der Form nach ein korrektes Verhältnis. So lange er noch als Lehrer bei uns triumphiert hat, spielte er mich bei der Jugend leichthin an die Wand. Und daß er mit der Amalie womöglich klügere und witzigere Gespräche führte als ich, war mir erst recht ein Dorn im Auge. Er war ein unliebsamer Konkurrent für mich. Und ich habe mich nach Kräften gewehrt. Immer wenn ich dem Franz Fürst in der Schule als Pfarrer widersprochen habe, wollte ich ihn auch persönlich abwerten.«

»Und der Halbwidl?«

»Noch schlimmer, Simon. Auch darüber haben wir schon geredet. Daß ich unduldsam mit ihm war, könnte ich mir zur Not noch verzeihen. Aber ich habe mir nie die Mühe gemacht, ihn als ganzen Menschen zu sehen. Er war doch einer, dem nach und nach alles aus der Hand genommen worden ist, bis er als Mesner so halbwegs Halt gefunden hat. Und ich benehme mich wie ein verliebter Narr und gönne mir einen billigen Triumph.

Spätestens als ich seine Reaktion darauf gesehen habe, hätte ich erkennen müssen, wie tief er getroffen war. Und dann noch dieser Bruno Bartl. Statt meiner selbstverständlichen Pflicht als Seelsorger nachzugehen und zu versuchen, einen Zugang zu ihm zu finden, hab ich ihn als interessanten Spinner abgetan und darauf geachtet, daß er mir nicht verhungert. Macht ja ein schlechtes Bild, nicht wahr?«

»Aber Sie haben doch in bester Absicht gehandelt?«

»Das entschuldigt gar nichts. In der Bibel steht, daß man die Bäume an ihren Früchten erkennt. Und was waren die Früchte meines Tuns, Simon? Eine unglückliche oder auch verzweifelte Amalie, isoliert und vereinsamt. Den Bartl habe ich wie ein Engel mit dem Flammenschwert aus dem Paradies gejagt, den Halbwidl engstirnig in die Schranken verwiesen, und dem Elend des Franz Fürst habe ich mit großzügiger Gelassenheit zugeschaut. Damit habe ich aus jenen Menschen, die in besonderer Weise meine Hilfe gebraucht hätten, einen verlorenen Haufen werden lassen. So entstehen Aggressionen, Simon, das ist der Boden für Kurzschlußhandlungen.«

»Sie denken an diese – Vorfälle?«

»Mein Gott, der Bartl, der Halbwidl und Franz Fürst waren ja immer wieder zusammen, als irgendwie ja doch verwandte Seelen. Da kann man schon auf besoffene Ideen kommen.«

»Weil's mir so einfällt, zwischendurch: Das Gespräch mit der Frauenrunde, neulich. Da war doch von einem Geschenk an die Amalie die Rede. Was Bestimmtes?«

»Ja und nein. Wir haben miteinander nachgedacht.

Aber was spielt das heute noch für eine Rolle. Simon, ich fürchte, die Amalie hat Hand an sich gelegt. Auf den Tollkirschensaft könnte sie durch Franz Fürst gekommen sein – seine sogenannte Hexenküche hast du ja sicher gekannt. Und daß sie das Gift mit meinem Wein eingenommen hat, ist leider ein sehr deutlicher Hinweis auf zumindest eine Ursache ihrer Verzweiflung, auf den Pfarrer.«

»Aber man nimmt doch nicht freiwillig so einen langwierigen und schmerzhaften Tod auf sich.«

»Die Amalie wird wohl nicht so genau Bescheid über die Wirkung gewußt haben, Simon. Oder sie hat insgeheim gehofft, daß sie jemand rechtzeitig findet. Betteln um Zuwendung, weißt du?«

»Ich geh dann, Herr Pfarrer.«

»Was wirst du tun, Simon?«

»Nachdenken.«

Minnedienst

Am folgenden Tag versuchte Polt erst einmal auszuschlafen. Nach nicht einmal einer Stunde voll wirrer und erschreckender Träume wachte er auf. Er trank ein großes Glas Wasser, duschte lange und überlegte, was er mit diesem Sonntag anfangen konnte.

Am späteren Vormittag sollte eigentlich Karin Walter im Gasthaus Stelzer in Brunndorf zu finden sein. Trotz anfänglicher Bedenken bewährte sie sich nun schon seit Jahren in der anspruchsvollen, verbal noch immer männlichen Funktion des Kassiers im Sparverein.

Polt wurde nicht enttäuscht. Als er die Gaststube betrat, sah er die Lehrerin einträchtig neben dem durchaus attraktiven Obmann des Vereins sitzen. Der Gendarm versuchte die heftig aufkeimende Eifersucht zu ignorieren, bestellte Kaffee und wartete ab. Bald hatten auch die letzten Sparer eingezahlt. Karin Walter ging auf Simon Polt zu. »Grüß dich, Lieber. Kommst du mit mir?«

»Da fragst du noch?«

Vor dem Gasthaus winkte Karin durch das Fenster den Zurückbleibenden zu.

»Die sollen was zu reden haben! Was sagt denn übrigens dein Freund Höllenbauer? Der hat mich nämlich frühmorgens gesehen, wie ich von dir weggegangen bin.«

»Kein Wort hat er gesagt.«

»So was von diskret. Kommst du zu mir nach Hause?«

»Sehr gern. Aber ich hab einen Nachtdienst hinter mir, bin schlecht aufgelegt und brauche deinen Rat.«

»Also nichts zu holen, derzeit, für eine verliebte Lehrerin?«

»*Nichts zu holen* stimmt nicht. Aber …«

»Gib dir keine Mühe, Simon. Ich versteh schon. Auch wenn du dich etwas unverbindlich ausdrückst.«

»Ich bin noch am Üben.«

»Sehr gut, setzen. Hat der Fürst Franzl immer gesagt. Eigentlich ist so ein Mensch unsterblich, Simon. Vielleicht sitzt er jetzt bei mir zu Hause in der Küche und säuft mir die letzte Flasche Wein weg.« Karin wurde ernst. »Kannst du mir eine Bitte erfüllen?«

»Natürlich.«

»Ich tät's ja selber. Aber ich bring's nicht fertig. Bevor

die Sachen in seinem Preßhaus und im Keller verkommen – könntest du alles für mich einsammeln?«

»Die tote Krähe auch?«

»Esel. Natürlich nicht.« Karin sperrte die Haustür auf. »Früher war im Dorf jedes Tor offen. Da hat sich viel geändert, leider. Komm in die Küche, Simon.« Sie öffnete die Kühlschranktür. »Was könnte ich dir anbieten? Diät-Früchtejoghurt, zum Beispiel. Nur ein Prozent Fett!«

»Also her damit.«

Karin entfernte den Staniolverschluß und leckte ihn sauber. Polt beobachtete sie. »Sehr nett machst du das!«

»Vergiß nicht, daß du einen Nachtdienst hinter dir hast, schlecht aufgelegt bist und meine Hilfe brauchst.«

»Schon gut. Also, wie anfangen? Ich hab dir ja schon ziemlich viel erzählt. Heute nacht sind noch Aspekte dazugekommen, skurrile und rabenschwarze.«

Polt berichtete.

Karin schaute ins Leere. »Arme Amalie, armer Virgil Winter, auch wenn er recht haben sollte.«

»Mir leuchtet nicht alles von dem ein, was er sagt. Vielleicht bin ich aber auch einfach zu blöd dazu. Immerhin wird aus dem Wirrwarr schön langsam eine Geschichte. Sie hat aber zwei unangenehme Fehler: Ich kenn das Ende nicht, und mittendrin gibt's einen Knick, den ich mir nicht erklären kann.«

»Und wenn der Knick die Erklärung ist? – War nur so dahingedacht.«

Polt schaute überrascht hoch. »Wenn du damit recht hast, Karin…«

»Was dann?«

»Egal. Tolle Idee jedenfalls!« Er küßte sie feierlich.

»War das jetzt das Nichts-zu-holen-stimmt-nicht von vorhin?«

»Noch nicht ganz.«

Am Nachmittag klemmte Polt einen dicken Stapel von Einkaufstaschen aus Papier und Plastik auf seinem Gepäckträger fest und radelte los. Wie üblich mußte er das letzte Stück der Kellergasse schieben. Als er sich dem Preßhaus näherte, in dem Franz Fürst zuletzt gewohnt hatte, erschrak er heftig, weil er auf der Wiese davor jemanden liegen sah. Bald aber erkannte er den schlafenden Bruno Bartl. »He, Bruno! Aufwachen!«

Bartl schlug die Augen auf. »Herr Inspektor Polt! Bringen Sie auch was zurück?«

»Nein, ich nicht. Aber was bringst du zurück?«

Bartl holte eine leere schlanke Flasche aus dem Hosensack. »Die da. Weil sie nicht mir gehört.«

»Um Himmels willen, Bruno! Was war da drin?«

»Schnaps. Der Herr Fürst hat auch Schnaps machen können.«

Polt konnte sich nicht zurückhalten und nahm den schmächtigen Mann für ein paar Sekunden in die Arme. »Entschuldige, Bruno. So ist das also! Und bei der Gelegenheit schaust du auch gleich nach, ob sich noch eine volle Flasche findet?«

»Dem Herrn Fürst wär's recht gewesen. Und die leere bring ich dann zurück.«

»Noch was, Bruno, weil gerade von Flaschen die Rede ist. Du hast doch einmal gesagt, daß der Pfarrer die Amalie umgebracht hat, weil sie an seinem Wein gestorben ist. Hast du damit vielleicht auch gemeint, daß ihr der Pfarrer den Wein gegeben hat?«

»Hab ich. Die Amalie hat's mir erzählt, am Abend, bevor sie gestorben ist.«

»Herrgott, also doch! Weißt du mehr darüber?«

»Lieb wollte er halt sein, der hochwürdige Herr Pfarrer.«

»Und weiter?«

»Nichts. Was ist jetzt mit dem Schnaps, Herr Inspektor Polt?«

»Na, gut. Komm! Ich helf dir suchen.«

Tatsächlich lag im Keller eine mit farbloser Flüssigkeit gefüllte Flasche. Polt öffnete sie, roch daran, kostete vorsichtig und gab sie Bartl. »Da, Bruno! Übertreib nicht damit. Und jetzt werf ich dich hinaus, es wartet eine Menge Arbeit auf mich.«

Gegen Abend waren die Säcke prall gefüllt. Polt verknotete sie mit Spagat, den er gefunden hatte, und behängte sein Fahrrad über und über. Staubig und verschwitzt machte er sich auf den Heimweg. Sein Versuch, Aloisia Habesams Gemischtwarenhandlung ungesehen zu passieren, scheiterte. Muränengleich schoß die rüstige Kauffrau aus dem Gewölbe.

»Da schau her, ist es also endlich soweit! Das kommt davon, wenn man sich ein Preßhaus kauft, statt Miete zu zahlen. Kein schönes Leben auf der Straße, wie? Wollen S' einkaufen, Herr Polt? Ich hab Inländerrum im Sonderangebot.«

»Ich bin nur der Nachlaßverwalter vom Franz Fürst, Frau Habesam.«

»Hoffentlich haben S' wenigstens auch die Karin geerbt von ihm.«

»War nicht notwendig.«

»So? Nicht? Und was ist mit dem Herrn Pfarrer? Hat er schon eine Neue oder weint er sich noch immer die Augen aus?«

»Keine Ahnung. Aber jetzt frag ich Sie einmal was, weil Sie eine erfahrene Frau sind, die sich auskennt mit dem Leben. Dem armen Firmian Halbwidl ist ein ganzes Weinfaß mit Essigsäure verdorben worden. Können Sie sich bei uns im Wiesbachtal jemanden vorstellen, der so was fertigbringt?«

Frau Habesam überlegte nicht lange. »Nein. Da muß eher ein Mensch dran glauben. Aber passiert ist es. Also war's ein Verrückter. Wollen S' nicht doch was kaufen, Herr Polt? Seife könnt vielleicht nicht schaden.«

»Dreck ist gesund und härtet ab.«

»Dann können S' ja gleich mit dem Bartl Bruderschaft trinken. Haben Sie übrigens gewußt, Inspektor, daß er in jungen Jahren in Breitenfeld in die Mittelschule gegangen ist? Leicht hat er es zu Hause aber nicht gehabt. Wenig zu essen, jede Menge Prügel. Sein Vater, der Gregor, war Händler in der Gegend. Stinkreich und so geizig, daß er am Ende erfroren ist, weil er im Winter nicht geheizt hat.«

»Und der Bruno?«

»Der hat seinem toten Vater alles heimgezahlt. Der Name Bartl hat einmal was gegolten im Wiesbachtal. Der

Bruno hat damit Schluß gemacht, hat mit dem Lernen aufgehört, Hof und Weingärten versoffen und eine Frau geheiratet, die sonst keiner genommen hat. Nach dem ersten Kind ist sie gestorben. Ich seh den Bartl noch vor mir, wie er am offenen Grab gestanden ist. ›Wieder jemand weniger‹, hat er gemurmelt. Ich hab eigentlich geglaubt, daß er ihr bald nachgehen wird.«

»Und das Kind?«

»In irgendeinem Heim.«

»Freunde hat er nie gehabt, der Bruno?«

»Da kennen Sie das Dorf schlecht, Inspektor. Wer nichts hat, ist nichts. Und so einem weicht man besser aus.«

»Aber der Halbwidl und der Fürst, die waren doch in den letzten Jahren ganz gut mit dem Bartl. Und dann noch die Amalie Pröstler!«

»Warum nicht? Hat keiner dem anderen was vormachen müssen. Na ja, bei der Frau Pfarrersköchin hat wenigstens das Äußere gestimmt. Aber jetzt ist die schöne Larve weg. Wann ist denn endlich das Begräbnis?«

»Weiß nicht.«

»Das kennt man von der Gendarmerie. Ist der Halbwidl übrigens noch Mesner? Oder hat der Pfarrer den alten Kerzlschlucker endlich hinausgeschmissen?«

»Warum *endlich*, Frau Habesam? Der Firmian ist doch tüchtig in seinem Amt.«

»Der bessere Pfarrer, nicht wahr? Der bessere Bürgermeister war er auch schon einmal, als Gemeindearbeiter. Lassen S' mich in Ruhe mit dem.«

»Es mag ihn halt keiner so recht. Aber einen richtigen Feind hat er nicht, oder?«

»Höchstens sich selber. Wollen S' nicht doch was kaufen, Herr Inspektor?«

»Ein anderes Mal.« Polt setzte sein Fahrrad in Bewegung.

»Falsche Richtung! Die Karin wohnt da hinten.«

»Ich will aber nach Hause, endlich.«

Polt hatte das Fahrrad den ganzen Weg über neben sich hergeschoben. Als er zu Hause ankam, war er todmüde. Er räumte Franz Fürsts Habseligkeiten in eine leerstehende Kammer, in der früher Kaninchen gehalten worden waren. Dann kramte er die schmale Broschüre hervor, die ihm der Lehrer einmal gezeigt hatte. Der Hut auf dem Umschlag war ihm inzwischen ebenso vertraut wie dieses seltsame Wort: Revolit. Da war alles drin, vom idealistischen Anfang bis zum ausweglosen Scheitern.

Unwillkürlich suchte Polt nach Ansatzpunkten für seine eigenen Gedanken. *Wer andere erniedrigt, zeigt damit, daß er niedrig ist,* las er, oder *Versöhnung ohne Veränderung ist ein billiger Trost. Veränderung ohne Versöhnung aber bleibt krampfhaft und führt leicht zum Terrorismus.* Ja, und dann noch: *Das schlimmste Übel, an dem die Welt leidet, ist nicht die Stärke des Bösen, sondern die Schwäche des Besseren.*

»Danke, Franz Fürst«, murmelte Simon Polt, »und zur Hölle mit dir.«

Am nächsten Morgen machte Polt eine für ihn neue Er-fahrung. Er fühlte deutliches Unbehagen, als er in seine Uniform schlüpfte. Auf dem Weg zur Wachstube sah er, daß die Tür zum Kirchenwirt schon offenstand, trat ein und bestellte Kaffee.

»Na, Simon?« Franzgreis schaute Polt aus verschwol-lenen Augen an, es war für ihn wohl spät geworden ge-stern. »Eilig hast du es heute aber nicht mit der Arbeit.«

Der Gendarm nickte nur.

»Schnapserl gefällig? Hilft manchmal.«

»Mir nicht.« Polt zahlte und ging.

»Guten Morgen, Simon!« Harald Mank warf einen Blick auf die Uhr. »Nicht aus den Federn gekommen, wie? Was macht übrigens die Karin Walter?«

»Woher soll ich das wissen? Gibt's was Neues?«

»Der Kratky wird ungeduldig, du sollst ihn anrufen.«

»Das auch noch.« Polt zog das Telefon zu sich heran.

Der Wiener Kriminalist hatte offenbar auf den Anruf gewartet. »Mein lieber Kollege Polt! Wie ich so höre, zie-hen Sie gemächlich durch die Gegend und plaudern mit den Leuten. Ist das so?«

»Ja.«

»Und was unterscheidet Ihrer Meinung nach eine Er-mittlung vom Zeitvertreib?«

»Ich verstehe die Frage nicht.«

»Also noch einmal: Ich habe durchaus Verständnis für eine unkonventionelle Arbeitsweise. Aber zielführend sollte sie sein. Ich warte auf Ergebnisse, mein Freund. Es muß ja nicht der große Wurf sein. Aber ich vermisse sogar konkrete Kleinigkeiten, die uns weiterhelfen könnten.«

»Die Kleinigkeiten gibt es nicht.«

»Was sonst?«

»Einen größeren Zusammenhang. Vielleicht.«

»An Ihnen ist ein Philosoph verlorengegangen. Als Gendarm gefallen Sie mir weniger.«

»Daran kann ich nichts ändern.«

»Doch, Sie können! Ich habe schon mit Ihrem Dienststellenleiter gesprochen. Es wird ihm ein Vergnügen sein, mir ab morgen Ihren täglichen detaillierten Bericht zu übermitteln. Und jetzt will ich Sie nicht länger an der Arbeit hindern. Bis bald!«

Harald Mank hatte mitgehört. »Tut mir leid, Simon. Aber von seinem Standpunkt aus gesehen hat er recht. Und was dich angeht, auch wenn der Vergleich hinkt: Seit Tagen gehst du um wie eine tragende Katz.«

Jetzt grinste Polt. »Vielleicht wird's ja doch noch ein großer Wurf. Aber im Ernst: Ich glaube, wir haben es bald hinter uns, alle miteinander. Dann wird die Gerechtigkeit siegen, daß es nur so kracht, und die sogenannten Anständigen dürfen sich noch besser vorkommen.«

Der Gendarm griff wieder zum Telefon und wählte.

»Ja? Paratschek.«

»Simon Polt hier. Wär's möglich, daß Sie morgen gegen zehn aufs Wachzimmer kommen?«

»Ich werde pünktlich sein.«

»Bestens. Und noch schöner wär's, Ihr Freund Hafner könnte gleich mitkommen.«

»Er steht neben mir, säuft meinen teuren Bourbon und nickt. Was ist denn los, Herr Inspektor? Alles in Ordnung?«

»Alles oder nichts, Herr Paratschek.«

Gleich darauf erreichte der Gendarm Virgil Winter und bat den Priester um ein Gespräch am folgenden Tag, gegen Mittag im Pfarrhof.

Routinearbeit folgte. Geschwindigkeitskontrolle gemeinsam mit Inspektor Zlabinger. Am frühen Nachmittag mußte der Windauer Karl in seinem Haus in Brunndorf aus dem Bett geholt werden. Seit Monaten hatte der arbeitslose Alkoholiker Polizeistrafen nicht bezahlt. Darum wurde seine Festnahme angeordnet. Noch vor drei Jahren war der Windauer Unternehmer gewesen, Chef einer Tischlerei mit immerhin drei Mitarbeitern. Konkurs, fahrlässige Krida, die alte Geschichte. Polt und Zlabinger taten bedrückt ihre Pflicht, lieferten Windauer ab und kehrten ins Wachzimmer zurück.

Gegen drei rief Firmian Halbwidl an. »Gut, daß du es bist, Simon.« Die Stimme des Mesners klang frischer als in den vergangenen Tagen. »Wir sollten miteinander reden. Es gibt wieder Neuigkeiten.«

»Tut mir leid, ich hab jetzt keinen Kopf dafür, Firmian. Bist du am Abend zufällig im Preßhaus?«

Der Mesner lachte leise. »Ja, zufällig.«

»Dann bis später.«

Nach Dienstschluß ging Polt nach Hause, zog sich um, hob seinen Kater hoch und vergrub für ein paar Sekunden das Gesicht im dichten, roten Fell des Tieres. Dann gab er Czernohorsky zu fressen und machte sich auf den Weg.

Er ließ das Fahrrad stehen. Den ganzen Tag über hatte er kaum auf das Wetter geachtet, es war eben Sommer. Doch nun schaute er, das Hoftor hinter sich schließend, zum Himmel hinauf. Das Blau war anders geworden, durchsichtiger, spröder, und auch die drückende Hitze der letzten Tage war gebrochen.

Polt ging am Gemeindeamt und am Kriegerdenkmal vorbei Richtung Kellergasse, bog aber zuvor in einen schmalen Güterweg ab, der sich an die hundert Meter von den Preßhäusern entfernt den Hang hochzog. Dann wandte er sich dem oberen Ende der Kellergasse zu, wo auch sein eigenes Preßhaus zu finden war. Er betrat die kleine Lichtung, legte für ein paar Sekunden eine Hand auf die sonnenwarme Holztür und ging weiter. Seltsamer Weg, so eine Kellergasse, überlegte er, nämlich einer, der seine Ziele nicht an den Enden hat, sondern in sich.

Einige Preßhaustüren waren geöffnet, vor manchen standen Weinbauern in der Abendsonne. Polt grüßte freundlich, ließ sich aber nicht aufhalten. Vor Ernst Höllenbauers Preßhaus stand ein Auto mit Wiener Kennzeichen. Weinkundschaft, vermutlich.

Auch die Tür von Firmian Halbwidls Preßhaus stand offen. Der Mesner war gerade dabei, den kleinen Tisch abzuwischen.

»Grüß dich, Simon! Ein bißchen Dreck kann ja nicht schaden. Andererseits, wenn Besuch kommt...« Er warf das feuchte Tuch in einen Plastikkübel. »Ich muß dir was zeigen.« Halbwidl ging zur Kellertür, öffnete sie und winkte Polt zu sich heran. »Um diese Tageszeit scheint die Sonne durchs Preßhaus bis in den Keller. Schön, nicht wahr?«

Unten angelangt, stellte sich der Mesner in den Lichtstrahl. »Fehlt nur noch eine Stimme vom Himmel: Das ist mein geliebter Firmian, an dem ich mein Wohlgefallen habe.«

»Das läßt du den Pfarrer besser nicht hören!«

»Über den wollte ich gerade mit dir reden, Simon. In den Keller mit dir! Ich hab eine Flasche 97er Grauburgunder gefunden. Die kommt heute dran.«

Polt schaute dem Firmian ins Gesicht. »Dir geht's wieder besser?«

»Ja, schon.«

Der Mesner öffnete die Flasche und schenkte ein. »Prost, Simon.« Er kostete. »Ich will mich ja nicht selber loben.«

»Schon passiert. Also was ist los mit dem Pfarrer?«

»Er hat mit mir geredet, aber nicht so wie sonst. Es war ein langes und ernsthaftes Gespräch. Noch nie hat jemand so mit mir geredet. Keine Spur mehr von dieser salbungsvollen Ironie, die mich immer geärgert und gekränkt hat. Er ist ernsthaft auf mich und mein Leben eingegangen.«

»Genauso gehört sich das.«

»Wir haben aber auch über die Amalie gesprochen, so von Mann zu Mann, und mit jedem Fehler, den der Herr Pfarrer zugegeben hat, sind mir meine Fehler deutlicher bewußt geworden. Jetzt seh ich vieles anders. Und wenn es wirklich ein Selbstmord war, Simon, waren einige daran schuld, darunter auch ich. Es reicht nicht, einen Menschen zu vergöttern. Man muß auch was tun für ihn. Und das eigenartige Verhalten von Hochwürden versteh ich jetzt auch besser. Ich glaube nicht, daß du da irgendeinen Verdacht haben mußt.«

»Und wie ist das jetzt mit dir als Mesner?«

»Der Pfarrer hat mich herzlich gebeten, daß ich nicht weggeh. Gebeten, Simon! Vor ein paar Wochen hätte er mich damit zu einem glücklichen Menschen gemacht. Aber eine ganz kleine Freude geht sich jetzt auch noch aus.«

Polt trank sein Glas leer. »Schön für dich, Firmian. Mir geht's nicht ganz so gut. Es ist Unrecht geschehen, und ich muß herausbekommen, wer dahintersteckt, ob mir das paßt oder nicht. Vielleicht kannst du mir helfen. Aber ich bin nicht als Gendarm da. Wenn du jetzt sagst, daß ich gehen soll, um dir den schönen Abend nicht zu verderben, dann geh ich.«

»Nein, Simon, du bleibst.«

»Dann komm nach oben. Es kann dauern.«

Die beiden nahmen auf den Kinosesseln im Preßhaus Platz. Polt stellte sein leeres Glas auf den Tisch und wehrte vorerst ab, als der Mesner einschenken wollte. »Später, ich brauch jetzt meinen Kopf. Na ja, ein Schluck kann vielleicht nicht schaden. – Du wirst dir ja schon Gedanken über die Kündigung der Amalie gemacht haben. Ist ein bißchen plötzlich gekommen, wie?«

»Für mich auf jeden Fall. Aber auch der Pfarrer war wie vor den Kopf gestoßen, hat er mir erzählt.«

»Wer kennt sich schon wirklich aus mit Frauen!«

»Ja, wer? Ich jedenfalls nicht. Weißt du übrigens, Simon, daß ich es einmal zu einer richtigen Freundin gebracht habe?«

»Nein.«

»Das ist lange her. Ich sag trotzdem keinen Namen. Jedenfalls sind wir halbe Nächte zusammengehockt und haben über Gott und die Welt geredet. Sogar ein bißchen zärtlich hab ich zu ihr sein dürfen. ›Das mag ich so an dir‹, hat sie einmal ganz lieb geflüstert. ›Nie nimmst du mehr, als ich dir geben will. Bleib so, versprichst du es mir?‹ Natürlich hab ich ja gesagt.«

»Und dann?«

»Nach dem Feuerwehrheurigen ist sie blöd kichernd mit einem Besoffenen hinterm Gebüsch verschwunden. Warum gerade der? Hab ich sie am nächsten Tag verzweifelt gefragt. Ihre Antwort klingt mir noch heute im Ohr: ›Du traust dich ja doch nie!‹ Und weg war sie, perdü, wie der Franzose sagt. Aber dich interessiert heute wahrscheinlich was anderes, hab ich recht?«

»Ja, schon. Du bist ein heller Kopf, Firmian, denken wir doch miteinander durch, was in den letzten Wochen so passiert ist.«

»Wenn's dir weiterhilft, Simon, gern.«

»Wir werden ja sehen. Also eins nach dem andern: Lassen wir einmal den Tod der Amalie weg. Dann bleibt die Sache mit dem Gemeindehaus und der Feuerwehr, der gestohlene Hahn und das tote Reh, der Löwe vom Kriegerdenkmal, die Buttersäure in der Schule und dein ruinierter Wein. Ich erzähl dir einfach, was ich so vermute.

Und sei nicht gleich beleidigt, wenn du auch eine Rolle dabei spielst.«

Der Mesner lachte. »Doch schön, wenn ich einmal im Leben nicht übersehen werde.«

»Also, der Pfarrer hat mich darauf gebracht. Er sagt, es ist auch seine Schuld, daß aus dem Bartl, dem Fürst und dir Verlierer, Außenseiter geworden sind. Kommt das so hin?«

»Na ja, jeder macht sich sein Leben selber. Aber Verlierer ist schon das richtige Wort für uns, für alle drei. Wir haben uns gegenseitig nichts vorspielen müssen.«

»Und dann hat der Pfarrer gemeint, euch wären ein paar bsoffene Gschichten schon zuzutrauen.«

»Da hat er nicht unrecht. Aber wenn diese Vorfälle wirklich zusammenhängen, kann's nicht stimmen.«

»Warum nicht?«

»Das Reh und – mein Wein. Da hört sich der Spaß nämlich auf.«

»Ganz meine Meinung. Aber es könnte natürlich sein, daß jemand Hirngespinste mit der Wirklichkeit verwechselt. Im Vollrausch ist man ein anderer Mensch, im Delirium erst recht.«

»Realitätenverlust ist der Fachausdruck dafür.«

»Oder so ähnlich.« Polt zog eine Spielkarte aus der Tasche. »Kannst du was damit anfangen?«

»Natürlich. Die Pik Dame vom Franzl. Er hat viel darauf gehalten.«

Polt gab dem Mesner die Karte. »Da, lies.«

»*Ich war es,* schreibt er«, murmelte Halbwidl. Dann blickte er auf, und in seinem alten Bubengesicht war ein

Lächeln, das Polt nicht deuten konnte. Wortlos und mit ruhigen Händen zerriß der Mesner die Karte in kleine Fetzen, die er zu Boden fallenließ.

»Sag einmal, spinnst du?«

»Nicht mehr als andere.« Der Mesner roch an seinem Weinglas. »Ist dir das schon aufgefallen, Simon? Das Glas ist leer, aber die Seele vom Wein ist immer noch drin. Die ersäuft erst später im Abwaschwasser.«

»Könnte vom Franz stammen, dieser Satz.«

»Sehr gut, setzen!« Der Mesner füllte die Gläser. »Und jetzt weiter, Herr Gendarm.«

»Wenn du meinst. Du hast einmal gesagt, daß vielleicht jemand den Leuten im Wiesbachtal etwas heimzahlen will. Gibt's einen einzelnen, dem man das alles zutrauen kann?«

»Na ja. Einer fällt dir wahrscheinlich genauso ein wie mir: der Paratschek, noch dazu, wo die Sache mit dem Löwen passiert ist. Andererseits, Simon, er kann's auch nicht sein. Das Reh… meinetwegen, einem frustrierten Jäger trau ich alles mögliche zu. Aber das Weinfaß, weißt du? Der Paratschek ist ein boshafter Mensch, aber kein gemeiner Verbrecher.«

»Gelegenheit hätte er dazu gehabt.«

»Ja, schon. Aber ich kann nicht daran glauben. Wer war das wirklich mit dem Weinfaß, Simon? Das ist die Frage. Wer tut mir so was an?«

Es blieb lange still im Preßhaus. Nur eine große Fliege summte.

»Du«, sagte Polt dann, »du selbst hast es dir angetan.«

Firmian Halbwidls Gesicht zeigte Erstaunen oder Erschrecken. »Das mußt du mir aber genauer erklären.«

»Ich versuch's. Handfeste Beweise gibt es bis jetzt aber keine, und recht muß ich auch nicht haben, das sage ich gleich dazu. Na gut. Der Firmian Halbwidl als Gemeindearbeiter. Fleißig für zwei, voller Ideen. Wird gekündigt, weil er Unruhe stiftet mit seinem Ehrgeiz. Der Feuerwehrmann Halbwidl wird dem Hauptmann zu vorlaut und muß gehen. Firmian, der Hilfsbereite, bringt die Jäger auf seinem Traktoranhänger zum Wald, nimmt eine Kurve zu eng, der Anhänger kippt in den Graben. Die Jäger verjagen ihn mit Schimpf und Schande. Aber du bist hart im Nehmen und hast Humor. Das läßt dich viel ertragen, noch dazu, weil du ja Mesner bist, was Besonderes eben. Einer, der das Vertrauen des Pfarrers hat, der viel über die Leute im Dorf weiß, und einer, der – den Pfarrer einmal ausgenommen – viel öfter der Amalie nahe ist als irgendwer sonst. Und dann der Schock. Der Pfarrer will dich nicht mehr haben. Du weißt genau, daß er nur eifersüchtig ist, daß er einfach die Macht seines Amtes ausspielt, damit er dich kaltstellen kann. Du mußt ihn gehaßt haben dafür. Die Enttäuschungen und Demütigungen deines Lebens tun jetzt so weh, daß es nicht mehr zum Aushalten ist. Aber dann hat der duldsame Firmian eine boshafte Idee: Sollen doch alle, die ihn gekränkt haben, zu spüren bekommen, wozu er fähig ist. Erst einmal reagierst du dich noch halb im Spaß ab, hast Freude daran, die Leute hinters Licht zu führen, der Franz Fürst zollt dir Beifall, und mir gegenüber spielst du recht schlau mit der Wahrheit. Aber nach und nach spürst du so etwas wie Macht. Und davon willst du mehr. Mit dem toten Reh bist du über eine gefährliche Grenze gegangen, Firmian, auch wenn du das Tier nicht lange hast leiden lassen. Und das mit dem Revolit-Hut daneben war eine Schweinerei.«

»Und die traust du mir zu, Simon?«

»Eigentlich nicht. Aber was weiß man schon von einem Menschen? Und wenn ich eins zum andern zähle, wird's noch schlimmer. Dann stiehlst du nämlich dem Franz Fürst bei Gelegenheit auch noch Tollkirschensaft.«

Der Mesner saß steif da und schaute Polt von der Seite her an. »Aber ich hätte der Amalie doch nie im Leben etwas antun können.«

»Das glaub ich dir. Gemeint war ja auch der Pfarrer. Er hat dich endgültig aus der Bahn geworfen. Das ist dir nach eurem bösen Streit klargeworden, und das sollte er büßen.«

Halbwidl hatte den Kopf abgewandt und starrte lange auf die Preßhausmauer, wo seine Erinnerungsstücke hingen. »Damals schon nicht mehr, Simon«, sagte er dann ganz leise.

»Weil ihr euch so halbwegs versöhnt habt, an dem Tag, als es geschehen ist?«

»Ja. Noch am Vormittag hab ich die vergiftete Flasche irgendwie austauschen wollen. Aber sie war nicht mehr da.«

»Der Pfarrer ist dir zuvorgekommen, Firmian, er hat den Wein wirklich seiner Köchin geschenkt.«

»Das hab ich geahnt, viel zu spät, leider.«

»Und warum hast du diesen besonderen Rotwein vergiftet? Den wollte der Pfarrer doch erst in fünf Jahren trinken.«

»Vorerst ja. Ich hab ihm aber als erfahrener Weinbauer geraten, die Flasche doch früher zu öffnen. Das war sogar ein richtiger Ratschlag, bei diesem Jahrgang, und der fünfundfünfzigste Geburtstag des Pfarrers ist vor der Tür gestanden. Außerdem war's sicherer so: Den Meßwein haben ja auch Gäste im Pfarrhaus getrunken, und die hab ich nicht gefährden wollen.«

»So war das also. Hast du eigentlich darüber nachgedacht, Firmian, warum uns der Pfarrer nie gesagt hat, wie die Amalie zu seinem Wein gekommen ist?«

»Es wird ihm unangenehm gewesen sein.«

»Ach was. Als die Amalie hat sterben müssen, war für den Pfarrer klar, daß du den Wein vergiftet hast. Wer hat ihn denn dazu überreden wollen, ihn bald zu trinken?«

»Du meinst…?«

»Ich meine, er hat versucht dich zu decken, weil er auch seine eigene Schuld erkannt hat. Muß schwer genug auf sein priesterliches Gewissen gedrückt haben. Und die Frauenrunde wollte er so nebenbei natürlich auch heraushalten.«

»Und ich will so einem Menschen ans Leben!«

»Weißt du übrigens, wie Tollkirschengift wirkt?«

»Ja, so ziemlich.«

»Dann hättest du eigentlich damit rechnen können, daß der Pfarrer rechtzeitig behandelt und damit gerettet wird. Überleg dir gut, was du sagst, Firmian.«

»Ich hab daran gedacht. Wär Strafe genug gewesen. Aber auch den Tod des Pfarrers hab ich damals in Kauf genommen.«

»Du redest dich um Kopf und Kragen.«

»Weiß ich. Einmal in meinem Scheißleben will ich etwas ordentlich zu Ende bringen.«

»Wie bist du denn auf die Idee gekommen?«

»Hab ich aus der Zeitung. In Italien hat ein Mesner Unkrautgift in den Meßwein getan, muß entsetzlich geschmeckt haben. Das hab ich als Weinbauer nicht übers Herz gebracht. Tollkirschensaft ist da was anderes.«

»Und jetzt, auch wenn's weh tut, noch einmal zur Amalie.«

»Natürlich war ich zu Tode erschrocken, als ich entdeckt habe, daß die Flasche weg ist. Aber an die Amalie hab ich nie im Leben gedacht. Der Pfarrer hat ja ziemlich streng darauf geachtet, daß sie nicht zuviel trinkt. Aber ich hätte auf jeden Fall das ganze Pfarrhaus nach der Flasche absuchen müssen. Mein Gott, Simon! Nur ich bring es fertig, den wichtigsten Menschen in meinem Leben qualvoll krepieren zu lassen und dann auch noch zu feig für ein Geständnis zu sein. Und statt mit mir ins reine zu kommen, hab ich mir schon wieder eingeredet, daß jetzt erst recht der Pfarrer schuld an allem ist.«

Polt schwieg und zeichnete mit dem Finger das Muster auf dem Plastiktischtuch nach. Er nahm die Weinflasche, füllte sein Glas, auch das des Mesners. »Und dann bist du nur noch vor deinem eigenen Schicksal davongerannt, nicht wahr?«

»Ja. Ich wollte mit deinem Kopf denken, Simon. Natürlich hat es dir auffallen müssen, daß es zwischen diesen Vorkommnissen und meinem Leben Zusammenhänge gibt. Also hab ich dir einen Köder vorgeworfen, den Paratschek. Die Geschichte mit der Schule hat wunderschön gepaßt. Als sein Enkerl einmal eine Klasse hat wiederholen müssen, hat er sich aufgeführt wie ein Irrer.«

»Und die Idee mit dem Löwen und dem Damenhut war von dir?«

»Klar. Ich hab den Paratschek ordentlich unter Alkohol gesetzt und dann auf den richtigen Gedanken gebracht.«

»Und später ruinierst du dein eigenes Faß, damit er noch verdächtiger wird. Aber das Motiv fehlt, nachzuweisen ist ihm nichts, und das Rätsel wird letztlich unauflösbar.«

»Genau so war's gedacht.«

»Du bist ein siebengescheiter Idiot, Firmian.«

Polt meinte zu spüren, daß es im Preßhaus kälter geworden war.

Der Mesner starrte auf den abgetretenen Ziegelboden. »Du kannst es so niederschreiben, wie wir geredet haben, Simon. Ich komme morgen wegen der Unterschrift und so weiter… Gute Arbeit, Herr Gendarm. – Entschuldige bitte, war eine blöde Bemerkung.«

Dann hob Firmian Halbwidl den Kopf. Etwas von seiner gewohnten Leichtigkeit schien aufzuflackern. Er schaute Polt mit einem halben Grinsen ins Gesicht. »Was ist, gehn wir noch einmal in den Keller?«

Der Gendarm schwieg und schaute zur offenen Preßhaustür. Draußen ging ein Sommertag zu Ende, das Licht wie Honig.

Dann stand Simon Polt schwerfällig auf. »Gehen wir«, sagte er. »Verdammt noch einmal. Gehen wir.«

Alfred Komarek
im Diogenes Verlag

Alfred Komarek, geboren 1945 in Bad Aussee, lebt als freier Schriftsteller in Wien. Zahlreiche Publikationen (Kurzprosa, Essays, Feuilletons) sowie Arbeiten für Hörfunk und TV, mehrere Landschaftsbände, u. a. über die Umgebung von Wien, das Salzkammergut, das Ausseerland und das Weinviertel sowie kulturgeschichtliche Bücher, zuletzt *Kulturschätze im Salzkammergut* (2000). Alfred Komareks erster Kriminalroman *Polt muß weinen* wurde mit dem Glauser 1999 ausgezeichnet.

»Komareks Prosa ist dem Rhythmus der Landschaft und dem Tempo des Lebens angepaßt. Wir riechen die Atmosphäre der ›Preßhäuser‹ und schmecken die Weine und die deftigen Speisen. Aber wir fühlen auch den *horror vacui* und die Beklemmungen eines nebligen Herbstabends auf dem Lande. Alles zusammen macht die Polt-Romane extrem spannend.«
Thomas Wörtche / Freitag, Berlin

»Mit Simon Polt, dem gutmütigen, aber beharrlichen Gendarmerie-Inspektor, betritt ein Krimiheld die Bühne, von dem man sich wünscht, daß er mit seiner stillen, schüchternen und schlichten Art noch viele Fälle zu lösen haben wird.« *Salzburger Nachrichten*

Polt muß weinen
Roman

Blumen für Polt
Roman

Himmel, Polt und Hölle
Roman